그래도 사랑스러운 나의 아내님

그래도 사랑스러운 나의 아내님

발달장애 아내와 뇌경색 르포 작가 남편의
웃음과 눈물범벅 2인 3각 생존기

스즈키다이스케 지음 ― 이지수 옮김

라이팅하우스

일러두기

– 본문 주는(●) 옮긴이 주입니다.
– 저자가 발췌 인용한 책은 옮긴이가 새로 번역했습니다.

제 아내는 이른바 성인 발달장애입니다. 동거를 시작한 지 5년째 되던 해에 결혼하여 그로부터 13년 반……. 그동안 아내가 악성 뇌종양으로 쓰러지기도 하고 저도 뇌경색으로 쓰러져 고차뇌기능장애를 앓는 등 우여곡절을 거쳐 '현재는' 아주 평화롭게 살고 있습니다. '현재'를 강조하는 이유는 둘 다 병으로 쓰러지지 않았다면 우리 집은 공중분해되었을 수도 있기 때문입니다.

요즘은 발달장애에 대한 인식이 개선되어 '발달장애인은 눈부신 재능을 간직한 사람들이다'와 같은 응원의 말을 흔히 하지만 솔직히 그건 별로 고마운 일은 아닙니다. 실제로 당사자와 사는 사람 입장에서는 긍정적인 마음만으로는 극복할 수 없는 힘든 점이 많으며, 재능이 꽃피지 않는 당사자에게는 부담스럽고 무책임한 말로도 들리기 때문입니다.

뇌경색으로 쓰러지기 전의 저는 사회적 약자를 주요 취재 대상으로 삼는 기자였는데, 발달장애인은 많은 경우 재능을 꽃피우기는커녕 사회로부터 배제와 공격의 대상이 되는 쪽이 대다수였습니다. 이 책을 쓰는 이유도 발달장애 당사자들이 특히 가족 커뮤니티 속에서 함께 살아가는 사람에게 상처를 받거나 반대로 상처를 주는 불행한 경우가 매우 많기 때문입니다.

제 아내 역시 유소년기에는 가족에게, 그리고 저와 만난 뒤로는 저에게 내내 부정당하고 상처받았으며, 저 또한 아내를 챙기는 데 커다란 고통을 느끼며 살아왔습니다.

아무 일도 일어나지 않았다면 정말로 서로 상처만 주고 끝났을 부부일지도 모릅니다. 하지만 저는 뇌경색을 일으켰고, 고차뇌기능장애를 앓으며 병에 걸리기 전이었다면 당연히 해낼 수 있었을 수많은 일들을 전혀 완수하지 못하게 되는 경험을 했습니다. 저는 비교적 그 정도가 가벼웠지만 일반적으로 고차뇌기능장애는 후천적 발달장애라고 볼 수 있습니다.

그렇게 아내와 같은 장애를 앓는 당사자의 느낌을 실감함으로써, 저는 그제야 아내가 어떤 것에 부자유를 느끼며 무엇을 왜 할 수 없는지, 그게 어떤 식으로 괴로우며 어떻게 하면 극복할 수 있는지를 몸소 깨달을 기회를 얻었습니다. 아내는 장애의 선배로서 저를 적확하게 서포트했고, 저희 둘은 가정을 뿌리부터 개혁해 나갔습니다.

이 세상에는 발달장애 당사자를 파트너로 둔 사람이나 부정형발달atypical development을 보이는 자녀를 둔 부모가 생각보다 많습니다. 그들은 크나큰 괴로움 속에서 살아가고 있습니다. 그러나 원래 정형발달자였으나 후천적 장애로서 고차뇌기능장애를 앓게 된 제가 통감한 점은 주변 사람도 괴롭겠지만 무엇보다 당사자가 불합리한 일을 당하는 경우가 훨씬 많다는 것입니다. 저와 아내가 가정환경을 개선한 과정은 정말 희귀하고 특수한 경우였습니다. 모두가 이런 상황을 경험할 수는 없습니다. 그런 의미에서 이 책이 발달장애 당사자와 그 가족이 서로를 이해하는 데 아주 조금이라도 도움이 되기를 바랍니다.

* 이 책에서는 발달장애와 부정형발달이라는 표기가 혼재되어 있습니다. 이는 설령 의료기관에서 발달장애로 '진단'받지 않았더라도 발달에 부정형성이 있는 당사자가 느끼는 부자유와 고통은 공통적이며, 오히려 의료체계에서 간과된 경계선상의 사람들이 몰이해 속에서 괴로워하고 있다는 점을 무시하고 싶지 않다는 마음을 담은 표기입니다.

제3장   의식불명에 빠진 아내님,
        뇌종양입니다

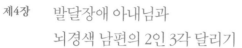

제4장 발달장애 아내님과
      뇌경색 남편의 2인 3각 달리기

제5장   진심으로,
                뇌경색을 일으켜서 다행이다

나는 프리랜서 집필가라서 자택 2층의 침실 옆이 직장이자 작업실이다. 사전 미팅이나 취재 등으로 외출할 일정이 딱히 없으면, 아침 7시에 일어나 1층의 다이닝룸으로 내려가서 가볍게 청소만 하고 곧바로 작업실에 틀어박힌다.

누가 관리하는 건 아니지만, 이상적인 하루 스케줄은 다음과 같다. 간단한 식사를 하고 15시 정도까지 집중해서 책상에 앉아 하루 업무의 대부분을 소화해 낸다. 이후에 남은 시간은 휴식과 집필을 끝낸 원고의 퇴고 작업에 할당할 수 있다면 완벽하다.

뭐, 대부분은 그렇게 순조롭게 흘러가지 않아서 밤까지 질질 끌며 작업실과 다이닝룸을 오가게 마련인데, 며칠 만에 이상적인 모드로 일이 끝난 연말의 어느 날, 15시 16분. 오후의 햇살 속에서 원고를 마친 해방감과 함께 갓 내린 커피 향까지 향긋하게 차 있는 다이닝룸으로 녀석들이 내려왔다.

우다다다, 냐아옹, 쿵쾅쿵쾅, 캬아옹.

계단을 뛰어내려와 다이닝룸으로 달려드는 도합 23킬로그램의 고양이 다섯 마리. 그리고 고양이보다 몇 초 늦게,

"굿~모~(굿모닝)"

하며 깨나른한 목소리로 들어오는 고양이들의 주인, 부스스한 머리에 반쯤 눈이 감긴 파자마 차림의 '아내님', 올해 연세 서른여덟이시다. '님'을 붙인 이유는 이 분은 화나면 무섭달까, 집요하기가 이루 말할 수 없기 때문이다.

전혀 '모닝'인 시간대가 아니지만 아내님은 올빼미 체질이라 대체로 해 뜰 무렵까지 깨어 있으니, 정오에서 오후 3시쯤까지는 고양이 다섯 마리와 침실에서 뒤얽혀 있는 게 다반사다. 일어나는 시간은 딱히 정해져 있지 않아서 '일어나고 싶은 시간이 일어나는 시간'이라는 반사회성을 그대로 드러내는 일상을 영위하고 있다. 파자마 차림도 평상시 모드인데, 아내님은 기본적으로 외출 일정이 없으면 하루 종일 잠옷 차림으로 지낸다.

그나저나 아내님, 어째서 오늘'도' 양말을 한 짝만 신고 있는 겁니까? 재밌으니 잠자코 관찰해 본다.

대체로 세 자리까지 혈압이 올라가는 일이 없는 굉장한 저혈압인 아내님은 본격적으로 하루를 시작하는 데 시간이 든다. 그 옛날, 메

모리가 부족한 싸구려 컴퓨터처럼 운영체제가 기동하기까지 어지간히도 시간이 걸린다.

창가로 다가가 햇살을 올려다보고 "녹아내리겠네~" 속삭이며 마당의 우편함을 확인하러 간다. 돌아와서는 고양이 다섯 마리에게 둘러싸여 그들의 물을 갈아주고, 사료를 접시에 계량한다. 봤더니 그 눈은 아직도 제대로 안 뜨여 있다.

뒤엉킨 다리로 휘청휘청 화장실로 향하며 하는 말,

"좋은 아침~"

누구한테 하는 인사람?

궁금해 돌아보니 천장을 올려다보며 "너는 여기서 겨울을 날 생각이야?" 하고 말을 거는 아내님. 그 시선을 쫓아가자 대화 상대는 아무래도 천장에 달라붙어 있는 작은 거미인 듯하다.

아내님은 거미를 봐도 '꺄악' 혹은 '으악' 하지 않는다. 사실 집 안에 거미가 있는 건 우리 집이 농촌의 대자연으로 둘러싸인 오래된 중고 주택이라서가 아니라, 아내님이 거미를 몹시 좋아하기 때문이다. 이 집으로 이사 오기 전의 연립주택에서는 색색깔의 깡충거미에게 '거미 군 1호' '거미 군 2호' 등의 이름을 붙였고 이삿짐과 함께 포장해 데려왔을 정도다. 천장 구석이나 손님방에 쳐져 있는 거미집을 내가 청소하면 당장 "뭐 하는 거냐!" 하며 불호령이 떨어진다.

그런 이유로 우리 집 구석구석에는 그들이 자유자재로 거미집을 쳐서 가뜩이나 낡은 집에서 호러 분위기가 좀 난다. 가끔 화장실 창

밖에 어린애 손바닥만 한 거북이등거미가 거대한 난소를 품고 찰싹
달라붙어 있거나 밤이면 밤마다 고양이들과 대판 싸움을 벌이기도
하니, 이런 쪽에 면역이 없는 사람에게는 그야말로 장난이 아닌 귀
신의 집이다.

그나저나 화장실에 들어가서 아직 나오지 않는다는 건 아마도 거
기에 쌓여 있는 《빛을 내뿜는 심해 생물 도감》이나 《일본의 맹독성
생물 도감》 같은 수수께끼의 장서를 읽고 있는 거겠지.

드디어 화장실에서 나와서는 종이 팩에 든 코코아를 냉장고에서
꺼내 한 모금 마시는 아내님. 그러고 나서 내가 있는 다이닝룸 식탁
옆의 의자에 무릎을 세워서 앉더니, 멍하니 무릎을 감싸 안고 한들
한들 흔들리고 있다. 아무래도 아직까지 뇌는 기동 준비 중인 듯하
다. 뭐, 녀석은 뇌가 기동한 뒤에도 한들한들 흔들리고 있을 때가 많
지만.

참고로 아내님이 매일 먹는 아침밥은 바나나와 우유와 두유를 믹
서로 간 특제 바나나주스. 이것은 본인이 손수 만드시기로 되어 있
다. 눈을 감고 꾸벅꾸벅 졸고 있기에 "바나나주스 마셔" 하고 말을
걸자, 내 목소리에 반응해 냐앙 다가와 아내님을 향해 일어서는 고
양이와 손을 마주치며 "하이파이브냥!" 그러고 끝.

뭐야? 고양이랑은 하이파이브하고 내 말은 무시하는 겁니까?

그 뒤에도 관찰을 계속한 결과, 아내님의 행동은 이러했다.

전날 내가 마신 싸구려 와인 병을 들고 가만히 들여다본다. 병을

두고 그대로 식탁에 푹 엎드렸다가 벌떡 일어나 깊은 한숨 한 번. 기
상한 지 16분, 다시 천장을 올려다보며 "저 거미 군을 어떻게 해야
하지? 찬장 속으로 들어가 주면 좋겠는데."(마룻바닥으로 내려와 고양
이에게 참살당할까 봐 걱정하는 듯하다.) 다시 와인 병을 집어 들더니 사
슴 일러스트가 그려진 브랜드 로고를 뚫어지게 보다가 "아기사슴?"
한다. 휴우, 알 게 뭐람.

　가장 뚱뚱한 고양이(6킬로그램 남짓)를 무릎에 올려서 안고, 폭신폭
신한 고양이 배에 이마를 파묻는가 싶더니 갑자기 "갓쓰 이시마쓰♪
있지~ 갓쓰 이시마쓰잖아~?" 하며 비만 고양이와 대화를 나눈다. 도
대체 무슨 말인지 종잡을 수 없으니 고양이조차 대답을 안 한다.

　"그게 뭔데?" 묻자,

　"저거 갓쓰 이시마쓰●잖아?"

　"그러니까 그게 뭐냐고."

　"지금 밖에서 트럭이 후진하는데 '후진합니다, 후진합니다(밧쿠시
마스)' 하는 경고음이 갓쓰 이시마쓰야(로 들려)."

　아아, 그런가요. 반쯤 폭발한 상태로 말하겠는데, 나는 그대가 얼
른 바나나주스를 마셨으면 해. 부글부글.

　참고로 에너지 절약 1등급 체질인 아내님은, 아침(?)밥인 바나나
주스를 마시면 그다음에 음식을 먹을 수 있는 건 네다섯 시간 뒤다.

● 일본의 배우이자 전 WBC 세계 라이트급 챔피언.

무리하게 먹으면 역류성 식도염을 일으켜 격렬한 위통으로 진땀을 흘리며 구급차를 부르게 되는 번거로운 지병도 있다. 한데 가장 큰 문제는 우리 집의 취사 주도권이 하필 나한테 있어서, 아내님의 아침 바나나 섭취가 늦어지면 늦어질수록 내가 하루의 집안일을 끝내고 쉴 수 있는 시간도 줄어든다는 것이다.

기상 24분 뒤, 드디어 일어서나 했더니 빗을 꺼내서 부스스한 머리카락을 빗기 시작하는 아내님. "아, 목욕해야 하는데……"라나. 그러고 보니 너, 그 반들반들한 큐티클(기름)은 뭐냐. 언제부터 목욕을 안 한 거야!

다시 고양이가 야옹.

"너도 밥 먹을래?" 물어보는 아내님.

아무래도 방금 전에 줄 때 밥을 못 먹은 고양이가 식사를 청하는 듯하다. 고양이 사료를 새로 보충한 아내님은 주저앉아 밥을 먹는 고양이의 등에 난 작은 원형 탈모 자국을 체크하기 시작한다.

난 말이지, 고양이가 아니라 네 녀석이 밥을 먹는 걸, 온 힘을 다해 기다리고 있다고…….

그러나 야속한 아내님은 고양이의 식사가 끝나는 것을 마지막까지 지켜보더니 이번에는 거실의 좌식 의자로 옮겨가 태블릿으로 메일 확인을 시작한다. 야금야금 SNS 체크도 시작해 버린 것 같다. 아아…….

"근데 아내님은 뭘 하고 있는 걸까?"

"페이스북이랑 메일 좀 보고 있어."

"그건 바나나주스 먹은 뒤에 하면 안 되는 걸까?"

"아차, 미안해."

하지만 움직이지 않는 아내님. 아, 부글부글.

이럭저럭해서 결국 아내님의 운영체제가 제대로 기동하여 부엌에 서서 껍질을 까기 시작한 것은 기상 41분 뒤! 정말이지 그대를 보고 있으면 윈도95 시대의 컴퓨터가 떠오릅니다. 인텔 CPU는 절대 안 들어가 있는.

게다가 바나나 알맹이에 붙어 있는 줄기 같은 게 신경 쓰이는 아내님은 바나나 껍질을 까서 잘게 썰기만 하면 되는 작업에 5분을 꽉 채워 들이고, 그러다 도마를 쓰러트리고는 "미안, 미안" 하며 어째서인지 도마한테 사과를 한다.

드디어 믹서에 바나나와 우유와 두유를 넣고 스위치 온! 한 줄 알았는데…… 이번에는 자기 옷에 매달려 있는 실밥이 싫었는지 작업 중단. 가위를 꺼내서 실밥을 자르고 잘라낸 실은 난로 쪽으로 휙 던진다. 다행히 가위는 내려놓고 믹서 가동 재개…….

겨우 완성한 바나나주스를 집어 들고 다이닝룸의 TV 앞에 앉았지만, 그냥 넘기지 못하는 것은 더더욱 많아진다.

뉴스 전문 채널을 보다가 갑자기 "저기, 이 아버지는 성숙한 여성이 좋은 걸까?" 하고 질문. 아무래도 마흔여섯 살 여성의 아들이 어머니의 재혼 상대인 스물네 살의 남성을 가위로 찔렀다는 딱한 보도에 대한 감상인 모양인데, 솔직히 나한테 말을 거는 건지 고양이한테 얘기하는 건지 모르겠다. 어느 쪽이든 대꾸할 가치가 없어서 무시했더니 "있잖아, 있잖아, 성숙한 여성이 좋았던 걸까?" 재차 물어본다.

알 게 뭐냐고!

그러고 보니 아내님, 당신 아까 난로 쪽으로 실밥을 던져 버렸고 가위도 꺼내 둔 채인데요? 지적했더니 "딸기 팬티~ 딸기 팬티"라니(만화 〈원피스〉에서 배운 듯하다). 아내님, 그건 일종의 변명인가요?

됐으니까 얼른, 그, 한 모금밖에 안 먹고 좌탁에 방치해 둔 바나나 주스를! 다시 집어 들라고!

"그리고 말이야, 설날 네일아트를 어떻게 할지 고민이야. 국기를 그리면 우익 가두 선전차가 날 둘러쌀까?"

그딴 거 몰라!

"뉴스에서 말이지, 기소 내용이라고 하면 귀똥 내용이라고 늘 잘못 알아듣지 않아?"

잘못 알아듣지 않아!

결국 이리하여 아내님이 바나나주스 아침 식사를 마친 것은 기상으로부터 1시간 14분 뒤였다. 절레절레…….

"아내님, 퀴즈입니다. 그대가 일어난 뒤로 몇 분쯤 지났을까요?"

"으음, 30분 정도?"

그 두 배 반인데요, 이 녀석.

자, 이것이 연출 없이 100퍼센트 리얼한 아내님의 실황 메모이자 그녀의 아주 표준적인 일상이다. 성인 발달장애인인 아내님은 주의력장애가 심해서 어떤 작업을 하고 있다가도 눈에 들어온 다른 사물에 주의를 빼앗기면 원래 하고 있던 작업을 거의 수행하지 못한다.

TV를 보면서 밥을 먹는 모습을 관찰하면 우선 시선이 TV에 가 있고 젓가락 끝을 보지 않는다. 젓가락으로 집은 것을 입으로 가져가는 도중에 손이 멈추고, 중간에 힘이 빠져서 음식을 떨어트린다. 식사가 그것의 반복이라서 한 시간 넘게 걸려 '한 가지 반찬만' 먹을 때도 있다. 한 가지 반찬만 먹는 이유는 다른 접시의 존재를 '깨닫지 못하기' 때문이다. 다 먹은 뒤에 "아, 한 종류 더 있었네" 하는 건 일상다반사다. 우리 집 식탁이 끝에서 끝까지 몇 미터가 되는 것도 아닌데, 아내님은 그 식탁 위의 음식을 눈앞에 두고서도 놓치고 보지 못한다.

반대로 의욕에 불이 붙어 무언가에 집중하면 시간 감각을 상실한 듯, 천 피스나 되는 엄청나게 귀찮은 지그소 퍼즐을 한나절 만에 완성하기도 한다. 한데 그 불이 대체로 밤중에 붙으니 그런 날은 동틀 녘이 다 되어서야 잠자리에 든다.

자발적으로 하는 집안일은 고양이 뒷바라지뿐. 욕실로 데려가지 않으면 목욕도 안 하고(체취가 거의 없어서 그럼에도 상쾌한 얼굴인 게 또 열받는다), 먹여 주지 않으면 채소도 절대 안 먹고, 내가 잔소리해도 한결같이 무언가(고양이나 거미나 사마귀나 금붕어나 창문에 달라붙은 도

마뱀붙이)에게 말을 걸고, 데리고 나가지 않으면 한 발자국도 집 밖으로 안 나가고, 솔선해서 집안일도 안 하는 주제에 10년째 거의 무직에 무수입인데도 태연하게 "일하면 지는 것이로소이다"라고 지껄인다.

＊＊

"스즈키 씨 힘드시겠네요."

주위로부터 쓴웃음 섞인 동정을 받으며 동거 5년에 결혼 13년 반. 사귀기 시작했을 때 열아홉 살이었던 아내님은 이제 어엿한 30대 후반 백수로 성장하셨다. 암요, 힘들었고 말고요. 장담하건대 당신들이 생각하는 것보다 훨씬 더 힘들었다! 불안정한 프리랜서 기자 수입으로 외벌이하는 건 괴로웠다. 18년간 대부분의 시기에는 돈벌이도 요리도 빨래도 청소도 나 혼자 도맡아 왔다.

그런데 1년쯤 전부터 아내님이 극적으로 변했다. 아침의 기동이 늦는 건 여전하지만 지금은 일어나 있는 시간 안에 나름대로 많은 집안일을 소화하여, 예전에는 어지를 대로 어질러진 카오스 상태였던 우리 집이 쾌적하게 유지되고 있다. 내가 집안일에 들이는 시간도 극적으로 줄었다.

대체 우리 집에 무슨 일이 일어났던가!

딱히 아내님의 발달장애가 치료된 게 아니라는 건 앞의 관찰일기를 보면 알 것이다. 극적으로 변한 건 아내님이 아니라 나였다.

2015년 5월, 나는 뇌경색을 일으켜 가벼운 고차뇌기능장애를 앓
게 되었다.

뇌경색이란 뇌의 혈관이 막혀 뇌세포가 돌아가시는 것. 고차뇌기
능장애란 뇌세포가 돌아가셔서 뇌의 인지 기능과 정서 컨트롤 등에
장애가 생기는 것.

한데 사실 이 고차뇌기능장애는 '후천적 발달장애'라고 바꿔 말
해도 좋을 정도로 당사자가 느끼는 감각이나 떠안게 되는 부자유가
발달장애와 많은 부분 일치한다. 물론 뇌에 선천적으로 문제가 있는
발달장애와는 달리, 고차뇌기능장애는 재활 훈련이나 시간의 경과
로 어느 정도의 회복을 기대할 수 있다.

나의 고차뇌기능장애도 근 2년에 걸쳐 큰 폭으로 개선되었는데,
이것이 포인트다. 내가 고차뇌기능장애를 앓았다는 건, 일시적이긴
해도 아내님과 같은 부자유를 직접 느꼈다는 뜻이다.

"이제야 내 기분을 알겠어?"

아내님은 나에게 그렇게 말하며 장애를 가진 선배로서 내가 장애
를 수용하는 것이나 재활 훈련을 하는 것을 전면적으로 도와줬다.
한편 그때마다 나는 뉘우치는 마음에 마구 들볶였다.

"왜 ○○를 못 하는 거야?"

험한 말투로 대체 몇 백 번, 몇 천 번이나 아내님을 힐책해 왔던

가. 나 자신이 당사자가 되기 전까지는 아내님의 상태를 올바르게
이해하지 못했다. 장애란 어떤 기능이 결손되어 그로 인해 괴로움을
맛보는 것이다.

　그 본질을 모르고서 내가 아내님에게 계속 질책을 던졌던 것은,
한쪽 다리를 잃은 사람에게 "왜 두 다리로 안 걸어? 느리니까 두 다
리로 걸어"라고 줄곧 말해 온 것이나 마찬가지였다. 두 다리를 가진
나는 다리가 하나뿐인 그녀에게 "다른 사람도 걷는 게 힘들지만 노
력하고 있어"라고 태연하게 말했다. 얼마나 잔인한 짓을 무의식적으
로 해 온 걸까.

　왜 못 하느냐고 해 봤자, 못 하는 건 못 하는 거다. 나 스스로가 고
차뇌기능장애를 앓게 되면서 겨우 그 사실을 깨달았다.

　그리고 새삼 아내님이 '뭘 못 하는지' '어떻게 하면 할 수 있는지'
를 깊이 생각해서 둘이서 연구해 나간 결과 나는 그전까지 나를 쭉
괴롭혀 온 생각, '돈벌이도 집안일도 전부 내가 짊어지고 있다'라는
무거운 짐으로부터 해방되었고, 아내님에게 잔소리하는 경우도 거
의 없어졌으며, 아내님도 집안일의 일부를 담당하게 되었다. 지금은
하루치 집안일에 들이는 시간과 노력은 아내님이 더 많을 정도다.

　아아, 진심으로 생각한다. 아내님이 이렇게나 집안일을 해 주다
니, 꿈만 같아서 믿기지 않는다. 이런 평온한 나날이 찾아올 줄은 생
각도 못했다. 여러 가지로 힘들었지만, 나 자신이 장애의 당사자가
됨으로써 간신히 아내님과 평온한 일상을 살아가는 데 필요한 소소

한 요령을 얻을 수 있었다. 진심으로 뇌경색을 일으켜서 다행이라는 생각마저 든다.

하지만 아무래도 여기서 동시에 떠오르는 것은 내가 지금까지 기자 활동을 하며 만나 온 사람들이다. 주로 사회적 곤궁자나 빈곤 당사자 등을 취재하며 나는 아내님 같은 사람을 수없이 만나 왔다. 그들은 대부분 사회의 몰이해에 고통받고, 공격당하고 배제되고 고립되며, 그와 동시에 주위의 가족과 친구와 그들을 도와주는 사람들에게 상처를 주고, 그런 자신이 싫어서 스스로를 상처 입히는 등 갖은 고생을 거듭하고 있었다.

확실히 발달장애를 앓는 어른은 피해자적인 측면과 가해자적인 측면을 둘 다 가지는 경우가 많다. 하지만 약간의 요령만 터득하면 가족도 포함해 그 장애와 공존하며 충분히 평화롭게 가정을 운영해 나갈 수 있지 않을까.

잠깐, '약간의 요령'이라니 내가 쓴 말이지만 뻔뻔하게 잘도 썼다. 실제로 우리 집이 그런 평화에 이르기까지는 15년이 넘는 동거 생활과 나 자신의 뇌경색 경험까지 필요했다. 하지만 어쩌면 그 경험들은 세상의 불행한 발달장애인과 그 주변 사람들에게 조금은 도움이 되는 정보일지도 모른다.

이 세상의 위기에 처한 커플과 부부 들을 위해, 발달장애 자식을 둔 어머니와 아버지 들을 위해, 아내의 괴로움을 알아주지 못하고 계속 질책했던 나 자신의 인생에 대한 참회도 포함하여 우리 둘의 기억을 파헤쳐 보려 한다.

"아내님, 그런 이유로 그대와 나의 이야기를 책으로 내려고 하는데, 괜찮지요?"

그렇게 묻자 눈부시게 웃으며 엄지와 검지로 동그라미를 만들어 오케이 사인을 하는 아내님.

"오케이라고? 고마워."

"그게 아니라, 돈."

제 1 장

아무래도 이상한 사람을 좋아하게 된 것 같다

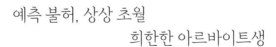

예측 불허, 상상 초월
희한한 아르바이트생

지금으로부터 19년을 거슬러 올라가 때는 세기말인 1998년. 그 무렵 나는 인생의 재기를 꿈꾸며 도쿄의 다소 악질적인 편집 프로덕션에서 근무하고 있었다. 그 회사의 사장에게 발탁되기 전에는 출판업계의 밑바닥을 전전하며 따까리 생활을 했다.

'기획·취재·집필 겸 카메라맨 겸 레이아웃부터 사식 조판에 필름 정정까지, 잡지 한 권을 통째로 만들 수 있습니다' 하는, 요컨대 어떤 분야건 프로는 아닌 프리랜서였는데, 독립은 했으나 시기상조에 실력 부족이었던지라 몇몇 거래처와 인연이 끊기거나 담당했던 잡지가 폐간하기만 해도 엄청난 빈곤의 늪으로 곤두박질쳤다. 그래도 나쁜 선배와의 인연만은 풍족했던 덕분에 이런저런 잡다한 일로 일당을 벌어서 근근이 목숨을 연명하며 빚쟁이를 피해 살아갔다.

그런 암흑의 수렁 같은 일상으로부터 나를 구해 준 회사였기에 설령 열흘쯤 회사에서 묵으며 집에 못 들어가는 나날이 이어져도, 회사 탕비실이 욕실 대용이 되어도, 나에게 그곳은 악덕이 아닌 '선덕' 회사였다. 파묻힐 정도의 일이 있는 것만으로, 매달 월급이 밀리지 않고 나오는 것만으로도 감사했다.

*
**

그런 회사에 녀석이 온 것이다. 훗날 나의 아내님이 된 아르바이트생 소녀, 당시 열아홉 살. 그것이 인연의 시작이었다. 참고로 처음부터 그녀에게 어떤 장애가 있다고 생각했던 것은 아니다.

첫인상은 '시끄럽다!'

그저 그녀는 심하게 침착하지 못하고 소란한 여자애였다.

빗자루처럼 머리끝이 푸석푸석한 탈색 금발에 너무 뽑아서 원형을 잃은 눈썹, 작은 몸집에 빼빼 마른 팔다리를 감싼 개성 넘치는 펑크패션, 무릎에는 초등학생 남자애 같은 멍과 반창고.

여하튼 바쁜 회사였으니 사내에서 달리는 사람이 적지는 않았지만, 녀석이 뛰면 그 체중으로 어째서? 하고 따지고 싶어질 정도로 쿵쾅쿵쾅 통굽 구두의 소음이 마구 울리니 책상에서 얼굴을 들지 않아도 녀석이 어디 계신지 알 수 있었다. 게다가 달리는 폼은 오자다리다.

몇 번이나 가르쳐도 팩스는 앞면 뒷면을 반대로 해서 보내고, 복사를 시키면 언제나 비뚤어져 있으며, 지각만 하는 주제에 복사하다 말고 복사기에 기대어 꾸벅꾸벅 존다.

언젠가는 근처 서점에서 자료 서적을 사 오라고 돈을 줬는데 몇 시간이 지나도록 돌아오지 않았다. 무슨 사고라도 났나 걱정하던 무렵에 겨우 돌아왔나 했더니, 어째서인지 그 손에는 뽑기 캡슐이 가득 담긴 비닐봉지가 들려 있는 게 아닌가.

"그건 뭡니까?"

"뽑기 캡슐이에요."

나도 보면 알아! 자초지종을 캐물었더니 서점에 사야 할 책이 없어서 받은 경비 전액을 뽑기 기계에 넣었다고 기죽지도 않고 말했다. 이놈아, 그건 변명도 안 될뿐더러 어엿한 업무상 횡령이라고!

뭐, 이렇게 매일매일 어이없는 전설을 만들어 내는 통에 편집부에서는 그녀에게 호통치는 편집부원의 성난 목소리와 누군가의 부름을 받고 사무실을 달리는 그녀의 발소리가 자주 울려 퍼졌다.

*
**

대체 이 특이하고도 지적할 것이 너무 많은 퍼스낼리티를 가진 소녀의 정체는 무엇인가. 모든 행동이 상상 초월이었지만 일을 전혀 못 하는 것도 아니었다. 기본적으로 업무에 관한 기억력은 나쁘지 않았고, 무엇보다 '단순 작업을 할 때의 집중력'은 아르바이트생 중에서도 탁월한 재능을 자랑했다.

몇 백 장이나 되는 디지털 이미지의 사이즈 변경이나 자잘한 이미지의 누끼 따기(배경을 오려 내는 것) 작업처럼 모두가 싫어하는 성가신 작업을 부탁하면, MD 플레이어에 꽂은 헤드폰이 터지도록 음악을 크게 틀고 그 음악에 몸을 흔들며 몇 시간이나 휴식 없이 모니터를 마주 보고 묵묵히 마우스를 움직였다.

완성된 작업은 꽤나 엉성해서, 다시 해 오라고 시키면 상사한테 장난하나 싶을 정도로 명백하게 부루퉁한 얼굴로 책상으로 돌아가 "정말로 세계는 재미없어♪"(밴드 피치카토 파이브)나 "시시해 시시해 시시하네~♪"(어린이 프로그램 <우고 우고 루가>의 엔딩곡 <초등학생 이즈 데드>)나 "나는 구제불능 쓸모없는 아이~♪"(그녀의 자작곡) 등 절묘하게 유감을 표하는 선곡의 노래를 조그맣게 흥얼거리며(회사에서 노래하는 놈은 처음 봤다) 다시 몇 시간이나 모니터를 마주하고, 뚱하니 언짢은 얼굴 그대로 완성된 데이터가 들어 있는 MO 디스크를 불쑥 내밀었다. 믿기 어렵게도 작업하며 몇 시간이나 지났지만 여전히 기분이 나아지지 않았던 모양이다.

위험하다. 회상하면 할수록 그녀는 규격에서 벗어나 있었다.

몇 살이나 나이 많은 상사에게 와타추(이시와타 씨), 다카추(다카시 씨), 사이투(사이토 씨), 데루링코(데루이 씨) 등 기묘한 별명을 멋대로 붙여서 겁도 없이 반말로 대화를 전개하는데, 참고로 그들은 모두 편집장 격이었다.

결코 존댓말을 못 쓰는 건 아니다. 가만 보고 있으면 존댓말을 써야만 하는 상대는 애초에 불편해서 웬만하면 다가가지 않는 듯했다. 게다가 잔업이 있어 회사에서 묵게 된 날에는 싫어하는 사원의 책상에 장식되어 있는 개인 물건을 밤중에 가위로 조각조각 잘라서 쓰레기통에 풀스윙으로 처넣는 흉악한 면모도 지니고 있었다.

아마 여자 집단 안에서는 상당히 미움받는 타입일 수도 있지만 '나를 싫어하는 사람은 나도 싫다'라는 여왕님 이론으로 오불관언. 이렇게까지 규격에서 벗어나 버리니, 어째서인지 오히려 나이 많은 상사들이 귀여워하는(장난을 거는) 캐릭터가 되었다.

내가 당신을
　　　　지켜 줄까요?

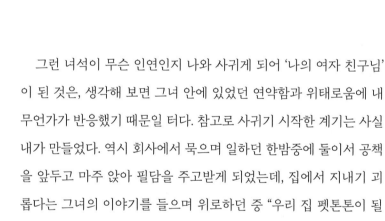

　　그런 녀석이 무슨 인연인지 나와 사귀게 되어 '나의 여자 친구님'
이 된 것은, 생각해 보면 그녀 안에 있었던 연약함과 위태로움에 내
무언가가 반응했기 때문일 터다. 참고로 사귀기 시작한 계기는 사실
내가 만들었다. 역시 회사에서 묵으며 일하던 한밤중에 둘이서 공책
을 앞두고 마주 앉아 필담을 주고받게 되었는데, 집에서 지내기 괴
롭다는 그녀의 이야기를 들으며 위로하던 중 "우리 집 펫톤톤이 될
래요?"라고 내가 물었던 것이 시작이었다. '펫톤톤'이란 1980년대 초
반에 TV에서 방영한 특수촬영 코미디 드라마에서 주인공의 집에 기
생하는 손이 쭉쭉 늘어나는 초록색 우주 생물인데, 그 영상을 나중
에 본 그녀에게 호되게 혼났다. 잘 기억나지 않지만 '내가 당신을 지
켜 줄까요?'라는 뜻으로 말했던 것 같기도 하다.

또 여기서 추가로 커밍아웃을 하자면, 실은 내가 그때까지 사귀었던 여성들은 무슨 저주인지 모두가 정신적으로 아파서 정신과 신세를 지고 있는 사람뿐이었다. 나는 그중 누구 하나 구해 줄 수 없었고, 결국 도망치듯 헤어지기만 했다. 여자 친구님과 사귀기 직전에도 고향 술집에서 만난 정신적으로 아픈 여자가 스토커로 변해서 강제로 인연을 끊기도 한 번거로운 여성 편력을 가지고 있었다.

그 과정에서 나는 한 가지 맹세를 했다.

'만약 다음에 누군가를 좋아하게 된다면 정신적으로 아프다 해도 절대로 달아나지 않겠어.'

아니, 솔직히 이렇게 멋지지는 않았다.

'애인이 언제 자살할지 모른다는 공포에 떠는 나날은 괴롭고 성가시니까, 어차피 정신적으로 아픈 여자랑만 인연이 있다면 이제 아무와도 사귀지 않아도 좋아. 외롭긴 하지만.'

이런 결심을 하며 도망가 버렸다는 게 사실일 것이다. '외로워요. 속내를 털어놓자면 엄청 외롭지만 이제는 연애가 좀 무서워요.' 스물다섯 살 먹은 나 역시 아주 딱하고 성가신 남자였다.

그런 방어 포지션이었던 내 마음에, 이 소란하고 예측 불허인 소녀는 입이 딱 벌어질 정도의 정권 지르기를 한 방 먹였던 것이다. 아니, 사실상 방어 같은 건 할 수가 없었다.

사귄 지 열흘 남짓 지났을 때 나의 휴대전화로 여자 친구님이 이런 전화를 걸어왔기 때문이다.

"여보세요, 나야. 지금 자기 집이야. 가출했거든."

"fu*k?!"

거대한 혼란. 그나저나 너 이 자식, 오늘 아침에 회사에 연락했어? 또다시 무단결근을 한 건 괜찮다 쳐도(괜찮지 않지만) 짐은 어떻게 했지? 설마 맨몸으로 나온 건가?

"짐은 아버지 차로 싣고 왔어."

나도 인생 경험이 그다지 많지 않지만, 가출할 때 친아버지를 짐꾼으로 쓰는 아가씨 이야기는 들어본 적이 없다. 애초에 너, 가족이랑 사이가 안 좋아서 집에 있기 괴롭다고 말하지 않았나요?

여하튼 이리하여 1998년 연말에 여자 친구님이 나의 2DK* 연립 주택으로 뛰어 들어와 우리 둘의 동거가 시작되었다. 상당한 괴짜이긴 해도 밝고 대범하며 파워풀한 여자 친구님. 간신히 내 연애 저주도 풀려서, 드디어 이제부터 장밋빛 청춘 스토리가 펼쳐지나 했는데… 그런 기대의 나날은 몇 개월 뒤에 맥없이 무너져 버리고 말았다.

그렇게나 건강해 보였던 여자 친구님의 마음은 사실 만신창이였다. 우리 집에 뛰어들고 얼마 지나지 않아 여자 친구님은 회사 화장실에서나 집에서나 장소를 가리지 않고 손목을 그어 댔다. 그것은

● 방 두 개에 다이닝 키친 하나가 있는 집을 가리키는 일본의 조어. 경우에 따라 방 하나를 거실로도 쓸 수 있다.

내내 계속되어 온 '마음의 출혈'을 뱃속에 모으고 또 모았다가, 결국은 견디지 못해 분수 같은 기세로 피를 토해 내는 것처럼 보였다.

아아, 역시 나는 정신이 아픈 여성에게만 끌리는 저주를 받은 어둠의 남자인가? 그러나 그런 중학생 같은 감상에 젖어 있을 여유 따윈 없었다.

매일매일 방바닥은 피로 물들었고, 화장실에 놓인 잡지에는 새까만 피가 엉겨 붙은 카이지루시의 면도칼이 컬렉션처럼 몇 개나 끼여 있었다. 직장에서도 엉성하게 마무리한 일을 다시 하라고 시키면 손목을 그은 피로 편지를 쓴 메모지가 내 책상 서랍에 들어 있는 형편이었다.

혈서의 글자는 '거짓말쟁이'였다.

뭐든 해야겠다 싶어서 다니기 시작한 정신과의 처방약 부작용은 무시무시해서, 여자 친구님은 회사에 있어도 업무 도중에 천장을 향해 입을 크게 벌리고 자 버리는 사태가 벌어졌다. 역시 이건 안 되겠다 해서 결국 여자 친구님은 반강제적으로 퇴사하게 되었고, 회사 사무실에서는 더 이상 그 요란한 발소리가 들리지 않게 되었다.

"나는 구제불능 쓸모없는 아이~♪" 회사에서 작업하며 읊조리던 그 묘한 자작곡. 그 진심인지 농담인지 알 수 없는 가사야말로 실은 여자 친구님을 어린 시절부터 괴롭혀 온 속마음이었다는 것을 알아차리기까지 그 뒤로 얼마나 오랜 시간이 걸렸던가.

나와 여자 친구님은 이렇게 시작부터 피투성이였다.

✱✱

　당시 나는 도쿄 디즈니랜드 근처의 연립주택에 살고 있었다. 회사는 와세다에 있어서 출근에 걸리는 시간은 50분. 앞서 말했듯 바쁜 회사였던 탓에 출근은 9시였지만 집에 오는 평균 시간은 새벽 1시 이후였고 회사에서 묵는 날도 많았다. 회사에서 돌아올 때마다 '만약 집에 갔는데 여자 친구님이 죽어 있으면 어쩌지' 하며 전전긍긍하는 나날이 시작되었다. 하지만 나에게 그것은 첫 경험이 아니었다.

　어떤 인과관계인지 정신질환이 있는 여자만 사귀어 온 결과, 나는 세 가지 교훈을 얻었다.

　먼저 첫 번째는 아무리 본인이 죽고 싶다, 죽고 싶다, 계속 말해도 안 죽는 사람은 안 죽는다는 것이다. 반면 아무리 죽지 말라고 해도 죽을 사람은 죽는다.

　요컨대 자살 의향이 강한 사람이 죽을지 말지는 다른 사람이 제어할 수 있는 일이 아니며, 제어한다고 하면 그야말로 24시간 옆에 있거나 정신과 병동의 관리 아래에 두는 수밖에 없다는 것이다(참고로 지금은 꼭 그렇다고는 생각하지 않는다).

　두 번째는 첫 번째 교훈을 근거로 하여, 돌보는 쪽은 아무리 불안해서 견딜 수 없더라도 일상생활을 유지해야만 한다는 것이다. 그렇지 않으면 경제적으로도 정신적으로도 함께 쓰러져 버리며, 실제로 과거에 나는 그런 경험을 했다.

그러므로 돌보는 사람에게는 상대를 잃을 수도 있다는 불안에 떨면서도 일과 일상생활을 이어나가고, 그 결과 상대가 죽어 버리면 그때 가서 자신도 뒤따라 자살하면 된다는 정도의 각오가 필요하다고 생각했다. 극단적인 말이지만 그 정도로 멘헤라ᴹᵞ⁼ᵞ⁼⁼•를 돌보는 쪽도 위태로운 지경까지 내몰린다.

마지막 한 가지는 적어도 그 강한 자살 의향을 완화·억제하는 데 정신과에서 처방받는 약이 일정한 효과가 있다는 것이다. 부작용으로 내내 잠이 덜 깬 듯한 상태가 되거나 반응이 느린 등 일시적으로 퍼스낼리티가 바뀐 것처럼 느껴지는 경우는 있지만, 적어도 이런 투약에는 '마음의 진통제'나 '마음의 반창고' 같은 효과가 있었다.

* *
*

그건 그렇지만 마음의 병에 대해서는 아무래도 어정쩡한 시대였던 것 같다.

1999년 3월에 서브컬처 잡지의 전당이었던 《GON!》에 정신과 통원 일기를 기고하던 난조 아야•• 씨가 세상을 떠났고, 이듬해 출간된 유고집 《졸업식까지 안 죽을 거예요》가 멘헤라들의 바이블이 되

• '멘탈 헬스'에 'er'을 붙여 정신질환을 앓는 사람, 또는 앓는다고 여겨지는 사람을 가리키는 일본 인터넷상의 은어.

었다.

손목 긋기는 예전부터 서브컬처의 문맥에서 논의되는 경우가 많았지만 난조 씨의 사망 이후 그 풍조가 과열되었다. 인터넷상에는 난조 씨를 뒤쫓는 듯한 멘헤라 홈페이지가 넘쳐 났고, 내 여자 친구님도 예외 없이 자신의 손목에서 흐르는 피를 후지필름의 즉석카메라 '체키'로 찍어 모으거나 자신의 홈페이지를 만들어 다른 멘헤라 동료와 링크를 교환하고 오프라인 모임에 얼굴을 내밀기도 했다.

"너, 그거 서브컬처야? 아니면 새로운 패션이야?"가 해서는 안 되는 말이라는 것은 알고 있었다. 확실히 묘한 문화 속으로 빨려 들어가는 듯한 부자연스러움도 느꼈지만, 여자 친구님이 무언가로 인해 괴로워하며 발버둥 치고 있다는 건 틀림없었다. 유행을 따르려고 그렇게나 피를 흘릴 수는 없으며, 패션으로 그렇게나 슬프고 괴로운 표정이 나올 리 없다.

"멘헤라는 마음의 감기에 걸린 것"이라는 말도 활발히 들려와 정신질환자에 대한 무용한 차별이나 편견이 완화된 시기이긴 했다. 하지만 아무리 봐도 그 괴로움의 정도는 감기처럼 호락호락하지 않았으며, 감기처럼 내버려 두면 낫는 것도 아니니 나는 미묘하게 오해를 불러일으키는 말이라고 생각했다.

●● 고등학교 3학년 무렵 인터넷상에 정신병과 향정신제에 관한 체험을 쓴 일기를 공개하여 팬클럽이 모집되는 등 아이돌적 인기를 구가하던 인물로, 졸업식 20일 후 홀로 노래방에서 향정신제를 대량 복용하여 혼수상태에 빠진 끝에 세상을 떠났다.

몇 번인가 여자 친구님을 따라 멘헤라 오프라인 모임에도 얼굴을 내밀어 봤는데 역시 아무래도 석연치 않았다. 대화는 정신질환 처방약의 컬렉션 자랑이나 OD(overdose, 과잉 복용·복약 자살 미수) 자랑으로 시작해서 몇 가지 약을 병용하거나 술과 함께 먹을 때의 효과 변화 등의 정보 교환으로 이어지다가 종내는 희귀약 교환으로 마무리. 다들 특이해서 한눈에 보기에도 집단으로부터 튕겨 나올 듯한 사람들이었으며, 괴로운 건 알겠지만 그들은 그 괴로움을 근본부터 제거하기를 포기한 것 같다고 생각하지 않을 수 없었다.

이대로는 안 된다. 뭐랄까, 그들은 뼈가 부러졌는데도 뼈를 이어 붙이는 수술은 하지 않고 진통제만 먹고 있는 사람들로 보였다. 같은 아픔을 느끼는 사람들끼리 어울려 봤자, '아픈 정신'의 원인을 본질적으로 없애지 않는 한 그 괴로움은 내내 치유되지 않을 게 아닌가.

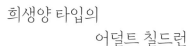

희생양 타입의
어덜트 칠드런

그러면 그 원인은 무엇일까. 여기서도 또 시대와 풍조 때문에 큰 혼란을 겪었다. 어느 정신과 의사는 여자 친구님에게 "당신은 병이 아닙니다"라고 내뱉은 주제에 엄청나게 강한 약을 처방했다. 게다가 이 '병이 아니다' 선언을 받은 날 밤에 여자 친구님이 격렬한 패닉을 일으키며 손목을 마구 그었던 탓에 나는 아직까지도 그 의사가 원망스럽다.

한편 다른 의사는 '회피성 인격장애'라는 진단명을 붙였는데, 그건 여자 친구님의 '증상'을 가리키는 단어이므로 그냥 "골절이네요"라는 말을 들은 느낌이었다.

이토록 아파하니까 골절됐다는 것 정도는 안다. 내가 알고 싶은 건 '왜 뼈가 부러졌는가'이며, 무엇보다 '어째서 부러진 뼈가 붙지 않는가'였다. 하지만 그에 대해 납득이 가는 말은 듣지 못했고, 역시 진통제로서의 향정신제를 처방받았을 뿐이었다.

그 외에도 경계성 성격장애, 공황장애, 어덜트 칠드런, 인지욕구 부전 등등 인터넷상에는 자칭 카운슬러나 멘헤라 당사자가 독자적으로 발신하는 정보가 난무했고 여러 가지 말과 해석이 넘쳐 났다. 여자 친구님은 그 어디에나 해당되었고, 또 어디에도 해당되지 않는 것 같았다. 병례가 많은 책을 함께 읽으며 여자 친구님의 병은 무엇일까 이야기하던 중 여자 친구님이 과다호흡 발작을 일으켜 구급차를 부른 적도 있다.

그런 와중에 유일한 힌트가 된 것이 여자 친구님이 자주 콧노래로 부르던 '나는 구제불능 쓸모없는 아이'였다. 여자 친구님의 어린 시절에 관해 듣다 보면, 좌우간 '칭찬받은 적이 없다' '혼나기만 했다'라는 에피소드가 줄줄이 나왔다.

어린 시절의 여자 친구님은 '장난꾸러기'의 범주에서 크게 벗어나는, 어마어마하게 산만하고 과잉행동에 부주의하고 난폭한 아이였다. 상처가 아무는 날이 없었고 반려견을 계단에서 밀어 떨어트리거나 찬장에 가두었다. 같은 반 남자아이에게 폭력을 휘두르던 시기도 있었다고 한다.

한편 줄곧 '신발의 오른쪽 왼쪽을 몰랐다'거나 '종이 자르기 공예를 할 때 선의 바깥쪽을 자르는 건지 안쪽을 자르는 건지, 혹은 선 한 가운데를 자르는 건지 몰라서 끙끙거렸다'와 같은 에피소드도 풍부

했다.

학습면에서는 초등학교 4학년 시점부터 덧셈을 할 때 숫자가 넘쳐서 손가락을 꼽아 셈하는 게 불가능해졌고, 그래서 붙인 가정교사는 '문제의 문장 자체를 이해하지 못한다'라고 지적하며 부모님께 겨울방학을 이용해 특수교육기관에 보낼 것을 권유한 적도 있었다.

중학교는 사립학교 수험을 봐서 어찌어찌 도쿄의 중·고교가 통합된 여학교에 들어갔으나 수업에서는 완전히 뒤쳐졌다.

고등학교 진학 전후에는 가정 내의 상속 문제로 분쟁도 있어서 학교를 자주 빠졌고, 음악 취향이 맞는 친구와 하라주쿠 일대에 모여서 집에도 들어가지 않는 날이 많아졌다. 여자 친구님에게는 '흑역사'인 모양인데, 그녀가 바로 요즘 말하는 반갸루®의 선구자, 비주얼 밴드에 열광하는 검은 옷의 무리였던 것이다.

이제 와 생각하면 그녀의 어린 시절 에피소드는 전부 학습장애나 ADHD(주의력결핍과잉행동장애)가 의심되는 것뿐이지만 유감스럽게도 그 당시 발달장애는 여전히 일반인에게 인지되지 않았으며, 발달장애란 어디까지나 성장 과정의 문제고 그 장애가 어른이 되어서도 남는 경우는 없다는 주장도 꿋꿋했다.

그녀에게 타고난 장애가 있을지도 모른다, 그런 추론에조차 도달하지 못했던 나는 한층 혼란을 겪었다.

●   밴드+걸의 약어로 비주얼 밴드의 열렬한 여성 팬을 일컫는 말.

　신발 오른쪽 왼쪽을 모른다거나 손가락을 꼽아서 덧셈을 하는 등은 지적으로 문제가 있어 보이는 일화지만, 내가 아는 여자 친구님은 어쨌거나 사물의 명칭이나 경험한 사건 등에 대한 기억력이 특출하게 좋아서 어린 시절에도 긴 미국 차 이름을 몇 개나 통째로 외우고 다녔다는 등의 에피소드가 있었다. 지적 호기심도 강해서 마땅한 편집 프로그램도 없었던 시절에 독학으로 홈페이지를 척척 만들어내기도 했다.

　원래 들어가기 힘든 학교는 아니었다 해도 중학교 수험을 통과했으며, 적어도 작은 범위 내의 기억력이나 집중력에 관해서라면 나는 여자 친구님을 전혀 이길 수 없어서 열등감을 느낄 정도다. 지능지수에는 문제가 없다. 타고 난 머리는 좋은 사람이다.

　그럼에도 불구하고 여자 친구님에게는 자라오며 인정받았던 기억이 분명 거의 없었다. '구제불능 쓸모없는 아이'. 여자 친구님은 진심으로 자신을 그렇게 생각하며 자라왔다고 한다.

　이 모든 사실들을 종합해 봤을 때, 무수하게 나오는 병명과 증세 가운데 가장 잘 들어맞는다고 느꼈던 것이 '희생양 타입의 어덜트 칠드런'이었다.

＊
＊＊

　어덜트 칠드런은 이제는 꽤나 낡고 진부한 말로 느껴지고, 지금은 '성장 환경의 문제로 인한 부정형발달과 그것을 주요 원인으로 하는 심리증상이나 적응장애'라고 바꿔 말하고 싶기도 하다. 그러나 당시에는 '어른이 되어서도 사회에 잘 적응하지 못해 정신적으로 병든 이유를 성장 시의 역기능 가정dysfunctional family*에서 찾는다'라는 해석이 특히 당사자들이 납득할 수 있다고 해서 크게 공감을 얻으며 회자되었다.

몇 가지로 분류되는 어덜트 칠드런 중에서도 희생양scapegoat 타입은 특히 역기능 가정 문제의 원인을 과도하게 자기 안에서 찾는 유형이다. 가족이 망가진 것은 자기 탓이며, 자신이 희생하면 그것이 해결된다고 오인하며 어린 시절을 보낸 사람에게서 많이 보인다고 한다. 거센 자기부정, 자신의 존재 의의를 상실하는 것, 비소속감이나 버림받은 느낌을 강하게 받는 것, 잘못이 자기에게 있다고 생각하는 것, 잦은 자해 등등의 특징이 크게 일치한다.

짚이는 대목은 산더미처럼 있었다. 여하튼 고양 아이라며 혼났던 기억밖에 없는 여자 친구님이었다. 뿌리까지 거슬러 올라가자 여자 친구님이 자란 가정은 과연 꽤나 복잡했다.

증조할아버지는 도쿄의 상공업지구에 금속가공업 공장을 세운 창업자고, 여자 친구님의 아버지는 그 창업자의 장녀와 사위 사이에서 태어난 장남이었다. 그런데 증조할아버지와 사위로 들어온 할아

---

* 대립이나 불법 행위, 신체적·성적·심리적 학대, 방임 등이 늘 존재하는 가정을 가리킴.

버지는 비교적 일찍 세상을 떠났다.

즉 여자 친구님이 태어나기 전에 그 상공업지구의 낡고 큰 집에 살고 있었던 사람은 창업자의 아내였던 증조할머니와 에도 사람 기질*을 지녀 신경질적인 할머니, 가정에 무관심한 취미 부자이며 집에 거의 붙어 있지 않는 장남(여자 친구님의 아버지), 이에 더해 공장을 이어받은 진외종조부(할머니의 남동생)와 작은아버지(여자 친구님의 아버지의 남동생)였다.

왠지 NHK의 아침 연속극 같은 복잡한 설정인데, 그런 가운데 며느리로 들어온 것이 여자 친구님의 어머니였고 4대 적류로 태어난 외동딸이 여자 친구님이었다.

여자 친구님의 어머님은 얼마나 힘들었을까 싶다.

시어머니의 희망은 장차 여자 친구님을 후계자로 삼아 사위를 들이는 것이라서, 대단치 않은 상처나 잔병에도 "대를 이을 딸에게 무슨 일이냐" 하며 야단법석이었다. 한데 바로 그 여자 친구님은 왈가닥 정도가 아니라 망나니였으니 날뛰고 설치고 닥치는 대로 물건을 부순다. 여자 친구님이 말문이 트인 무렵에는 시할머니 간병도 시작된 상황이었고, 그런 여자 친구님을 제대로 키우기 위해, 또 이 복잡한 '본가'를 무탈히 유지하기 위해 날마다 딸을 혼내며 어머니는 집

● 돈 쓰는 데 인색하지 않고 자잘한 일에 구애되지 않으며 고집이 세고 성질이 급한 것을 일컫는다. 참고로 에도는 도쿄의 옛 이름.

안을 뛰어다녔을 것이다.

그녀의 아버지가 가업을 잇지 않아서 공장은 폐업했는데도 '대를 이을 딸'이라니 그야말로 시대착오적이기는 하지만, 여자 친구님은 그 중압감 아래 유난한 과보호와 불합리한 질책을 받으며 혼란 속에서 자라왔다. "이것도 하면 안 돼, 저것도 하면 안 돼"라는 말을 듣는 한편 "왜 이런 것도 못 하고 저런 것도 못 해?" 하고 야단맞았다. 이런데도 혼란스럽지 않다면 그건 초인이다.

어쨌거나 여자 친구님은 그런 집을 버리고 가출 삼매경의 10대를 보낸 후, 최종적으로 인연을 끊겠다는 기세로 우리 집으로 가출해 왔다. 그리고 그제야 자신이 모아 온 새까만 마음의 혈류를 콸콸 분출시켰다.

여자 친구님은 왜 심각한 리스트 커터^{wrist cutter}가 되어 버렸나. 가장 알기 쉬운 '원인'은 그녀의 어머니와 신경질적인 할머니이며, 거듭된 질책과 부정과 혼란의 기억이다. 적어도 우선은 그 강한 자기부정의 근원 중의 근원인 가족으로부터 일단 멀어져서, 상처를 치료하고 싸울 수 있는 힘을 기른 다음 다시 '대치'하는 것이 괴로움의 완화와 해소를 향한 길이지 않을까.

"이제 그 집(여자 친구님의 본가)으로 돌아갈 필요 없어. 우리 집에 계속 있어도 돼. 연락도 안 해도 되고. 필요한 연락은 내가 할게. 여자 친구님은 구제불능이 아니고 남보다 뛰어난 면이 잔뜩 있잖아. 여자 친구님은 살아 있어도 돼. 무엇보다 네가 죽으면 자동으로 나도 뒤를 쫓아 자살한다고 설정되어 있으니까 되도록 죽지 말아 줘. 기운을 좀 차리면 (여자 친구님의) 어머니랑 싸우자. 내가 한편이 되어 줄게.”

그런 말을 했지만 과연 어디까지가 맞는 것이었는지는 모르겠다. 그리고 설마 이 여자 친구님의 어머니가 그 뒤 나의 인생을 몇 번이나 구해 주는 은인이 될 줄이야! 이 시점에서는 생각지도 못했다.

게다가…… ‘어머니와 대치하라’라는 내가 울린 전쟁 개시 종은 뜻밖에도 나와 여자 친구님의 싸움 시작종이 되었다.

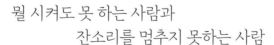

뭘 시켜도 못 하는 사람과
　　　잔소리를 멈추지 못하는 사람

　어린 시절부터 '뭘 시켜도 못 하는 아이'라는 어머니와 할머니의
질책 속에서 자란 여자 친구님. 피난하듯 내가 사는 연립주택으로
가출해 오자마자 시작한 왕성한 손목 긋기는 아무래도 '재발'이며
실은 중고등학교 시절에도 같은 짓을 했던 모양이었다. 아무도 미리
말해 주지 않았지만!
　하지만 이제 괜찮다. 우리 집에 온 이상은, 온 이상은…….
　여자 친구님이 폭풍처럼 불어닥친 나의 집은 순식간에 '전장'이
되어 버렸다. 처음에는 아버님 차로 가출했을 때 들고 온 작은 접이
식 테이블과 몇 가지 물건이 전부였는데, 내가 모르는 사이에 더 사
들였는지 본가에서 가져왔는지 여자 친구님의 개인 물건은 점점 늘
어나 수시로 눈사태를 일으켰다.

텔레비전 앞에 산처럼 쌓인 복고풍 패미컴* 게임 더미와 집 안에 흐르는 값싸 보이는 8비트 게임 뮤직. 자세히 보면 어느 수상한 외국인한테 샀는지 수십 종의 게임이 한 카세트에 들어 있는 불법 ROM과 정품 타이틀의 ROM이 뒤섞여 있다.

"이 수상쩍은 불법 ROM이 있으면 정품은 필요 없지 않아?"

그렇게 물어보면 "필요해! 종이박스가 중요한 거야!" 하며 뿌루퉁한 표정을 짓는 아내님.

하이고, 그런가요. 그렇게 중요하다면 어디에 넣어 두면 좋으련만 바닥에 어질러 두고 가끔 그 위에 앉기도 하는 종이박스는 100년 된 골동품처럼 엄청나게 너덜너덜하다. 그건 그렇고 그대는 어째서 그렇게 태연한 얼굴로 '물건 위에 앉는' 걸까요?

한편 스테레오 주위로는 비주얼 밴드, 보사노바, 시부야계**, 올디스 등 시대에서도 장르에서도 지조가 전혀 느껴지지 않는 CD가 쌓여 갔고, 틈이라는 틈에는 죄다 페트병 뚜껑에 달린 피규어가 일렬로 놓였다.

옷은 벗어서 아무 데나 던져둔다. 그걸 내가 잠자코 세탁기에 집어넣으면 이게 없어졌다느니 저게 없어졌다느니 온 집안을 들쑤시며 더한층 어지른다. 귀중한 수납 장소인 천장 밑 벽장은 사기만 하고 조립은 안 하는 프라모델 상자로 꽉 들어찼고, 화장실에 가면 그

---

* 게임 전용의 8비트 컴퓨터.
** 도쿄의 시부야를 중심으로 1990년대에 유행한 제이팝 장르.

바닥에는 나날이 늘어나는 휴지 심.

그 휴지 심도 무슨 컬렉션인가요? 종이공예라도 할 건가요? 아닌 가요? 그럼 버려! 쓰레기는 쓰레기통에!

여자 친구님이 난입하기 전까지 우리 집은 공간 분리가 나름 깔끔하게 되어 있었다. 식사를 하는 건 주방. 방 하나는 서가와 의류를 넣어 두는 벽장과 이부자리만 있는 침실. 거실은 천장 부근의 클립 스탠드가 밝히는 은은한 불빛이 가득한 '음악과 독서의 공간'. 이렇게 한껏 멋을 부리고 있었다.

여기서 잠깐, 여자 친구님의 명예를 위해 고백하자면 사실 이 세련된 인테리어는 일종의 '반동'이었다. 이 집으로 이사 오기 전, 내가 열여덟 살 때부터 7년 가까이 살았던 3평도 안 되는 채광 나쁜 원룸은 친구가 '산업폐기물 골방'이라고 불렀을 정도로 험악했다.

오토바이를 방 안에 들여놓고 정비하기 때문에 '구둣발' 입장, 친구가 왔을 때 내가 집에 없으면 가엾으니까 '연중 열려 있는 문', 조립형 욕실은 '간이 도장塗裝 부스', 거기에 벽 쪽에 산더미처럼 쌓아 놓은 수많은 잡지의 기적적인 밸런스는 거의 예술의 경지였다.

말하자면 남자의 전형적인 돼지우리 같은 방이랄까. 가장 심할 때는 1000cc 오토바이 두 대(건조 중량 합계 490㎏)를 실내에 들여서 바닥에 구멍이 뚫렸고, '거기가 가장 평평하다'라는 이유로 바닥에 눕혀 둔 오토바이 위에 방석을 깔고 잔 적도 있다.

인정하기는 싫지만 그건 하나의 트라우마였다. 그리고 새로운 집은, 그 빈곤하고 춥고 지저분하고 폐차장 창고처럼 산화된 가솔린 냄새가 떠돌던 산업폐기물 골방에서 빠져나와 드디어 멀쩡한 직장을 얻어 실현한 꿈의 쾌적하우스였다.

아아, 이불이나 오토바이 연료탱크 위가 아닌 부엌 식탁에서 식사를 하는 꿈같은 문화 생활! 이제 두 번 다시 그 산업폐기물 골방으로는 돌아가지 않을 테다!

그런 결심 아래 꾸미고 유지해 온 나의 세련된 집이, 여자 친구님의 압도적인 '방 어지르기 능력'에 유린되어 카오스로 되돌아갔다.

그 당시 내가 여자 친구님에게 쓴 편지를 찾아봤더니 다음과 같은 당부 사항이 쓰여 있었다.

- 목욕은 외출했을 때뿐만 아니라 매일 해.
- 후리카케*만으로 밥 먹지 마.
- 부엌이나 거실의 상 위에 물건을 잔뜩 늘어놓지 마. 밥을 못 먹잖아.
- 설거지할 식기에는 물을 부어 둬.
- 식재료가 전부 떨어지기 전에 사러 가. 적어도 낫토랑 계란은 상비해 두고 싶어.
- 식재료를 사러 갈 때는 살 것을 메모해서 가.
- 캔 쓰레기 쌓아 두지 마!

* 밥에 뿌려서 먹는 분말 또는 과립형 식재료.

하지만 여자 친구님과 함께 살면서 무엇보다 괴로웠던 점은 그녀가 '아침에 일어나지 않는 것'이었다. 동거를 시작하고 함께 사이좋게 회사에 출근했던 건 한때에 불과했다. 이내 나는 여자 친구님을 두고 먼저 출근하고 여자 친구님은 그 뒤 스스로 일어나 회사에 간다는 방침(대체로 지각)으로 변경해야 했다. 매일 바쁜 와중에 초조해하며 여자 친구님을 계속 깨우는 일에 내가 먼저 두 손을 들었던 것이다.

그마저도 얼마 뒤, 여자 친구님은 정신과에서 처방받은 약의 강한 부작용 때문에 아침에 일어나기가 한층 힘들어졌고, 회사에 간신히 도착해서도 사무실 책상에서 크게 입을 벌리고 정신을 잃은 듯이 잠들었다. 그리하여 어쩔 수 없이 해고되었다.

여자 친구님이 회사를 그만둠으로써 우리가 함께 있을 시간은 그전보다 더 줄어들었다. 아침에 일어나서 잠깐이라도 같이 밥을 먹고 이야기를 나눈 뒤에 출근하고 싶었지만, 역시 뭘 해도 일어나지 않는 여자 친구님.

그럼 낮에는 깨어 있는가? 천만에 말씀. "미안, 지금 일어났어"라는 문자가 오는 것은 내가 회사에 가서 일을 한두 건이나 해치운 저녁 무렵이었다.

이상하다. 전에 본가에서 회사를 다닐 때는 어떻게 일어났던 걸까? 지각이 잦긴 했지만 적어도 오전 중에는 분명 출근했었다.

"전에는 어떻게 일어났어?"

"일어날 때까지 죽을 만큼 모닝콜을 해 줬어."

"누가?"

"다카추가."

주춤거리는 기색도 없이 말하는 여자 친구님. 그 다카추라는 인물은 회사의 편집장님이시다. 멋대로 붙인 별명은 둘째 치고, 소속된 직장의 부장급에게 매일 아침 모닝콜을 시키는 그 양심의 털을 나는 밀고 싶다.

적어도 낮에는 일어나 있었으면 해. 오늘은 날씨가 맑으니 빨래하기 좋은 날이야. 적어도 낮에는 일어나야 저녁까지 빨래가 마르지. 못 일어났다면 어쩔 수 없지… 그럼 적어도 내가 집에 왔을 때 밥을 하고 기다려 줬으면 해.

적어도, 적어도, 온갖 '적어도'가 모조리 여자 친구님에게 완패하는 나날.

피로에 절어 집에 와도 밥은 안 되어 있고, 요리책을 산더미처럼 사들였음에도 만드는 요리는 늘 너무 익혀서 퍼석하거나 타 있었다.

"밥이랑 자반연어만 싸도 되니까 도시락 좀 만들어 줘"라고 하면 정말로 흰밥 한가운데에 반쯤 날것이거나 새까맣게 탄 자반연어만 한 마리 얹혀 있는 사나이다움이 폭발하는 도시락이 매일매일 이어졌다. 그 뒤 깨달았는데, 여자 친구님은 '무언가를 들은 말 그대로의 뜻으로만 이해할 수 있는(속뜻이나 행간을 읽지 못하는)' 사람이었다.

침실이 머리카락 뭉치로 가득해서 청소기를 돌려 달라고 말하면,

깔아놓은 이부자리도 정리하지 않고 바닥에 잔뜩 어질러진 (여자 친구님의) 만화책도 그대로 둔 채 청소기만 돌린다. 그리고 "청소기 돌렸어"라고 우긴다.

해 뒀으면 하는 집안일을 메모해 두고 일하러 가도 그 집안일이 전부 완료되어 있었던 적은 거의 없었다.

"미안, 그래도 ○○은 했는걸?"

"안 했어. 했다 해도 그 집안일은 '안 한 거나 마찬가지'야."

여자 친구님이 만들어 내는 카오스를 견디지 못해 그런 식으로 그녀를 부정하는 잔소리가 늘어갔다.

'아아, 여자 친구님의 자당이시여. 이 따님이 정신적으로 아픈 건 틀림없이 당신들이 질책 속에서 키운 데 원인이 있을 겁니다. 하지만 지금이라면 그 마음이 이해가 안 가는 것도 아니네요.'

하지만 그런 나의 잔소리가 늘어날수록 그만큼 여자 친구님이 손목을 긋는 횟수도 늘어서 손목에서 팔꿈치까지 딱지가 줄무늬를 그렸다. 끝내는 그을 곳이 없어지자 목이나 허벅지까지 면도칼을 대게 되었다.

손목 긋기에 패턴이 생겼다. 무언가를 참지 못해 내가 화내면, 여자 친구님은 절대로 사과하지 않고 뿌루퉁한 얼굴로 입을 다문다. 잠시 후 내가 화낸 것을 까먹고 말을 걸지만 여자 친구님은 여전히 부은 얼굴이다.

뭐야, 적반하장인가요? 애초에 내가 화를 낸 건 여자 친구님에게 원인이 있는 거 아니냐며 내가 다시 화내면, 그래도 결코 사과하지 않고 한층 부은 얼굴로 화장실로 달려가는 여자 친구님.

기다리기를 수십 분. 예상대로 여자 친구님은 화장실을 피범벅으로 만들며 손목을 긋고, 상쾌한 얼굴로 나와서 나를 흘끗 보고는 "쳇" 혀를 찬 뒤 침실로 직행한다. 나는 화장실 바닥의 피가 말라붙기 전에 닦으러 가서 절망적인 기분에 빠진다.

"쳇"이라니 너 이 자식, 어디 사는 불량소녀야? 하지만 혀를 차는 것 따위는 큰 문제가 아니다. 가장 큰 문제는 그런 적반하장식 손목 긋기를 감행한 다음 날, 어제의 싸움을 정리하고 싶어서 말을 걸면 믿기 힘들게도 여자 친구님은 화장실에서 손목을 그은 기억 따위는 없다고 주장한다.

"그럼 그건 다른 인격이야? 기억이 사라질 정도로 정신과 처방약이 센 거야?"

감이 좋지 않은 독자라도 이미 눈치챘을 것이다. 이 시기에 나의 잔소리는 여자 친구님에게 폭력이나 마찬가지였다. 내 입장에서는 잠자코 있으면 집은 카오스가 되고 생활도 힘드니까, 여자 친구님이 어서 정신을 차리고 아침에 일어나는 습관을 들여 아르바이트라도 할 수 있길 바랐다. 그런 마음을 잔소리로 쏟아 내는 나날. 여자 친구님의 정신이 병든 원인이 가족의 질책에 있다는 고찰은 틀리지 않을 텐데, 이번에는 내가 그 질책의 주체가 되어 버린 것이다.

날이면 날마다 "어떻게 하면 손목을 안 그을 것 같아?"라는 식의

대화를 했다. 지금이라면 안다. '내가 잔소리를 그만두면 안 긋는다'
가 정답이다. 하지만 그 말은 여자 친구님의 입에서는 나오지 않았
다. 입 밖으로 꺼낼 수 없었다고 하는 편이 맞을지도 모른다.

그리고 내가 해야 했던 일은 잔소리를 하는 게 아니라 그 잔소리
의 원인인 여자 친구님의 '못 함'에 대해 어째서 못 하는지를 같은 편
이 되어 생각해 주는 것이었지만, 그 또한 하지 못했다.

그 당시 여자 친구님이 나에게 쓴 메모지 편지가 지금 우리 집의
판도라의 상자(여자 친구님의 할머니에게 받은 오동나무 서랍장의 가장 아
래층)에 보관되어 있다. 거기에는 이런 내용이 쓰여 있었다.

전후 문맥으로 보면 회사에서 돌아왔을 때 아침에 부탁해 둔 식
재료를 사 두지 않았고 저녁밥 준비도 안 되어 있어서 내가 화를 낸
날 밤 여자 친구님이 나에게 쓴 편지다.

……내가 전부 잘못했어. 하지만 외로워. 언제나 사이좋게 지내고 싶
어. 오늘은 외출하려고 했어. 내일은 맛있는 요리를 만들게. 그러니까
화내지 말아 줘. 이렇게 말해 봤자 무리인가…….

그다음 날 회사에서 돌아왔을 때도 식사 준비는 안 되어 있었다.
그에 대해 내가 답한 메모는

……화장실 바닥이 더러워. 침실 이불을 햇볕에 말리고 바닥 먼지를

청소해 줘. 가스레인지 주위가 더러워. 소송채가 상하기 전에 나물로 만들자. 그건 유부를 사러 가야 한다는 뜻이야. 또 버터도…….

같은 상자에서 당시의 그녀가 쓴 혼잣말 같은 메모도 나왔다.

……뇌가 낫토가 되어 귀에서 흘러내린다. 위랑 내장이 역류해서 속이 뒤섞이고 있다. 다이스케가 무섭다. 무섭지만 좋아해. 왜 무서운지 모르겠다. 어떻게 하면 좋을지 모르겠어, 도와줘. 뭘 생각해도 뭘 얘기해도 결국은 '난 외톨이야'에 이르고, 슬퍼지면 손목을 긋고 있다…….

이다지도 명쾌한 SOS를 보내고 있었는데도 그 당시의 나는 뭘 했던 걸까? 지금 이렇게 과거의 메모를 꺼내 와서 원고에 옮기고 있자니 도무지 평상심을 유지할 수가 없다.

그래서 작업실에서 옆의 침실로 뛰어 들어가 정오가 다 되었는데도 평소처럼 정신없이 자고 있는 현 아내(전 여친)님에게 사과했더니 엄청 귀찮다는 듯 "어제 사토시(고양이·6kg)가 토한 거 치웠어?"라는 말을 들었다. 그런 건 아침에 일어나자마자 치웠지!

다시 생각해도 최악의 남자 친구였다. 하지만 서로가 어렸다. 뭐라고 하면 손목을 긋는 사람과 잠자코 있으면 집은 더더욱 카오스가 되니까 잔소리를 멈추지 못하는 사람. 그래서 또 긋는 사람. 무한 루프였다.

✽
✽✽

2000년 가을, 나 스물일곱 살, 여자 친구님이 나의 집으로 가출한지 얼추 2년. 그런 질책과 피바다의 악순환을 끊기 위해 내가 취한 최후의 수단은 '다니던 회사를 그만둬 버리는 것'이었다.

프리랜서 기자로서 집을 사무실 삼아 일한다. 그렇게 하면 적어도 함께 있는 시간은 확보할 수 있겠지.

여자 친구님과 교제를 시작할 당시, 회사에서 내 직무는 잡지의 기사 페이지나 표지 등의 디자인을 받아 오는 영업자 겸 디자이너였지만, 디자인과 동시에 기사를 쓰는 일도 하게 되어 거래처 개척이 어느 정도 진행되어 있었다. 모아 둔 돈은 하나도 없었지만 하고 있는 일을 유지해 나가면 어떻게든 회사에서 주던 박봉과 비슷한 정도는 벌 수 있을지도 몰랐다. 터무니없이 희망적인 관측이긴 했지만.

암흑의 미래로 한 걸음 내딛은 나에게 여자 친구님이 한 말은,

"아무리 가난해도 함께 보낼 수 있는 시간이 생기는 편이 좋으니까, 난 기뻐"였다.

그래, 죽을 때는 같이 죽자. 일련탁생*이다. 나는 각오했다.

● 　죽은 뒤에도 함께 극락에서 같은 연꽃 위에 왕생함.

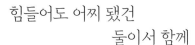

힘들어도 어찌 됐건
둘이서 함께

회사를 그만두고 집을 작업실로 삼으면 나의 잔소리와 여자 친구님의 손목 긋기라는 무한 루프에서 탈출할 수 있지 않을까? 90퍼센트의 불안과 10퍼센트의 기대감으로 내딛은 우리 둘의 새로운 생활. 이 결단에 따라 '극적인 무언가'가 일어났냐고요? 안타깝게도 대답은 '잘 모르겠다'이다. 실제로 이 시기는 내 기억 자체가 좀 흐릿하다.

당시의 일을 떠올리려고 하면 내 머릿속에는 어째서인지 록 밴드 서던 올스타스Southern All Stars의 <쓰나미> 후렴구가 흐른다. 아아, 그건 팩스 호출음이었다. 에도 사람 기질에 수중에 돈이 있으면 다 써 버리는 타입인 여자 친구님이, 프리랜서가 된 나를 위해 사준 브라더 공업사 팩스의 호출음.

♪서로 바라~보면~ 솔직하게~ 말할 수 없~어.

큰일이다. 여자 친구님과 이 곡을 작곡한 구와타 님께는 미안하지만 떠올리기만 해도 속이 메슥거린다. 그 이유는 전화기 겸 팩스의 멜로디를 밤낮없이 울려 대며 호출하는 건 다른 누구도 아닌 거래처 편집자들이었으며, 용건은 "원고 어떻게 됐나요?"라면 그나마 다행이지만 대부분은 "슬슬 위험한데" 혹은 "집에 있는 거 다 알아"였기 때문이다.

죄송합니다. 지금 열심히 쓰고 있는 중입니다! 아니, 이실직고하자면 지금 일어났습니다!

정말이지 기억이 몽땅 날아갈 정도로 일했다. 출판업계에서의 프리랜서 경험은 두 번째였는데, 첫 번째 경험에서는 크게 실패해 빈곤의 구렁텅이를 기어 다녔던 트라우마가 있었다. 두 번 다시 그런 경험은 하기 싫었다.

하지만 아무리 바빠졌다 해도 또다시 여자 친구님을 홀로 집에 남겨 두고 어딘가로 가 버린다면 본말전도였다.

그럼 어떻게 했느냐. 나와 여자 친구님은 '한 몸이 되었다'. 실제로 그 당시의 여자 친구님과 나에게는 '함께 있지 않았던 기억'이 별로 없다. 뭐가 어찌 됐건 둘이서 함께 행동했다. 업무상 취재를 하러 갈 때도, 사전 미팅차 거래처의 편집부를 방문할 때도 어쨌거나 그저 함께 행동했다.

끝내는 욕실에서도. 그리고 화장실에서조차. 안에서 책을 읽고 있으면 여자 친구님이 난입해 습격하는 형국. 이쯤 되면 러브 러브를 초월해 징그럽달까, 가끔은 혼자 있고 싶다고 생각했지만 이 또한 괴로워하는 여자 친구님을 방치해 온 반동이자 인과응보려니 하며 감수했다.

나는 어린 시절부터 너무나도 전철이 거북해서 폭우나 폭설이 오지 않는 한 오토바이로 이동하는 생활을 했으므로, 늘 어딘가로 향하는 오토바이 뒤에는 여자 친구님이 오도카니 앉아 있었다. 취재를 하거나 거래처에 갈 때는 600cc짜리 단기통, 뭘 사거나 옆 동네 정신과에 매달 검진을 받으러 갈 때는 90cc짜리 낡은 스쿠터.

손끝이 꽁꽁 얼어붙는 한겨울에도, 아스팔트가 내뿜는 열기로 녹아내릴 듯한 한여름에도, 낮에도 한밤중에도 새벽에도, 여자 친구님을 뒤에 태운 채 오토바이로 돌아다녔다.

생각해 보면 더럽게 가난한 와중에 그 당시에도 총 네 대의 오토바이를 가지고 있었지만, 여자 친구님은 나를 타박하지 않았다. 오히려 "취미가 없는 남자는 시시해"라는 한마디. 그런 취미를 유지하면서 생계도 이어가기 위해 프리랜서로서 세운 첫 번째 목표는 "1년 동안 일이 없어도 어떻게든 살아갈 수 있을 만큼 저금한다"여서, 들어오는 일이라면 뭐든 받으려고 했다.

그 와중에 다행이었던 점은 여자 친구님이 '돈이 안 드는 사람'이었다는 것이리라. 돈은 대체로 있는 대로 써 버리고 빌려 준 돈은 하여간 돌려받은 기억이 없으며 괴상한 수집벽도 있다. 하지만 원하는 물건은 그리 비싸지 않고 미식가도 아니며 불러내지 않는 한 자발적으로 외출하지 않는 특급 집순이파 여자 친구님.

우리 둘의 즐거움은 일이 적은 날 바다를 보러 가거나 일이 끝난 한밤중에 돈키호테*에 가서 특이한 식재료나 막과자를 사는 등 아주 단순한 것이었고, 사치라고 해 봤자 한 달에 한 번 도심의 클럽에서 열리는 라운지 음악 이벤트에 얼굴을 내미는 정도였다.

* 심야에도 영업하는 일본의 종합 할인 매장.

아슬아슬한
평화의 대가

　이렇게 남이 보면 살짝 징그러울 정도로 일심동체로 움직였던 우리 두 사람. 결과적으로 여자 친구님이 손목을 긋는 빈도는 확실히 점점 줄었던 것 같다. 큰 싸움(또는 나의 끈질긴 잔소리)이 벌어졌을 때는 여전히 화장실로 달려가 손목을 그었지만, 특별한 계기가 없이 여자 친구님의 손목에 상처가 늘어나는 일은 점차 사라졌다.

　비바! 2인 3각으로 극복한 괴로운 나날!

　하지만 아직 완전한 극복은 아니었다. 지금 생각하면 당시의 평화는 여자 친구님의 마음의 상처가 회복되기에 앞서, 내가 여자 친구님의 카오스 파워에 패배한 결과라고 할 수 있었다.

　어쨌거나 여자 친구님은 변함없이 아침에는 일어나지 못했지만, 프리랜서가 된 내가 아침까지 일하고 한낮에 가까워질 때까지 자는 경우가 늘어(나중에 특급 아침형 생활로 재설정했지만) 두 사람이 일어나는 시간에는 별 차이가 없게 되었다.

청소는 여전히 안 했으나 정신없이 지내다 보니 나의 업무용 책상 주위도 일 관련 서류와 책으로 카오스화하기 시작하여 점점 나도 남 얘기를 할 수 없었다.

그러나 집의 더러움이든 쌓여 있는 집안일이든 역시 한도를 넘어서면 잔소리를 하게 된다. 특히 일이 없을 것을 아는 날은 아침부터 집중해서 집안일을 하고 싶은데, 여자 친구님은 내가 청소를 하거나 말거나 내내 이불 속에서 죽은 듯이 잔다. 프리랜서에게 그날 할 일이 없다는 건 즉 그날의 수입이 없다는 뜻이다. 그런 초조함과 어질러질 대로 어질러진 카오스 집구석이 합쳐지면 일어나지 않는 여자 친구님에 대한 짜증이 점점 심해졌다.

하지만 여기서 여자 친구님에게 잔소리를 하면 소중한 휴일은 여자 친구님의 불쾌하게 부은 얼굴로 잿빛이 될 게 뻔했다. 보다 솔직하게 말하자면 손목 긋기가 부활하는 것이다.

아아, 이제 됐어! 말해 봤자 효과가 없는 잔소리에 헛되게 체력을 쓸 바에는 직접 해 버리는 게 편하잖아!

불행히도 아슬아슬한 평화의 뒷면에는 나의 인내가 있었다. 결코 문제가 해결된 게 아니었다. 오히려 그렇게 참는 만큼 급하고 금세 격앙하는 성미에, 격앙한 후에는 기억이 대부분 사라지는 타입인 나는 화를 못 참고 폭발하는 버릇이 점점 더 심해졌다.

가령 당시의 우리 집에서는 지금도 그 이야기가 나오면 내가 사과하는 수밖에 없는 '플라잉 카레 접시 사건'이라는 게 일어났다.

내가 프리랜서로 독립하고 1년 남짓 지난 한겨울의 어느 날. 그날은 취재와 미팅이 여러 건 겹쳐 있었는데, 집에서 나가기 전에 여자 친구님이 일어나지 않았는지 어쨌는지 그녀를 남겨 두고 혼자 외출했다. 그리고 집으로 출발하기 직전에 "슬슬 갈 테니 저녁밥 좀 준비해 줘"라는 문자를 여자 친구님에게 한 통 보냈던 것 같다.

하지만 집에 와보니 역시랄까 예상대로랄까, 여전히 방바닥에 물건이 어질러진 카오스 집구석에다 밥은 완성된 기미가 보이지 않았다. 여자 친구님으로 말할 것 같으면 방 안쪽의 TV 앞에 앉아 게임을 하고 있었다.

마침 그 무렵 여자 친구님은 '판타지 스타 온라인'이라는 온라인 게임에 푹 빠져 있어서, 대형 게임 회사인 '세가'를 가정용 게임기 시장에서 사실상 철수시킨 비인기 게임기 '드림 캐스트'에 모뎀과 키보드까지 연결해 환상적인 게임 음악을 하루 종일 울려 댔다.

나는 극도의 추위 속에서 오토바이로 달려와 몸도 뼛속까지 얼어붙어 있었고, 무엇보다 배가 죽도록 고팠다.

"다녀왔어. 그나저나 밥은?"

"미안. 문자했어?"(타닥타닥타닥, 협력 플레이 중인 동료와 채팅)

했지! 그만큼 집중해서 게임하면 문자 따윈 왔는지 안 왔는지도 모르겠지. 뭐, 전화하지 않았던 내 잘못이지만. 부글.

"뭐 만들어 줄까?"

뭘 만들 거면 일단 일어나. TV 보면서 컨트롤러 쥔 채로 말하지 말고. 적어도 이쪽 좀 쳐다봐.

"됐어. 여자 친구님한테 부탁하면 몇 시간 걸릴지 모르니까. 게임 재밌잖아?"

참고로 이 온라인 게임은 동성 친구가 적은 여자 친구님이 고등 학교 시절부터 소중히 여겨 온 친한 친구의 권유로 시작한 것이었 다. 그 게임 동료와 한밤중에 채팅을 하게 된 뒤로 여자 친구님이 약 교환 같은 걸 하던 멘헤라 동료들과는 조금 거리를 두게 된 듯해서, 막무가내로 작작 좀 하라고는 말하기 힘든 사정이 있었다.

하지만 말이야, 여자 친구님아. 그렇다 해도 한도라는 게 있어.

"어차피 게임도 안 끝날 거고, 끝낼 마음도 없잖아?"

차갑게 내뱉은 나의 '사족 한마디'에 발끈했는지 여자 친구님은 대답이 없다. 부글부글.

어휴, 하며 한숨을 한 번. 짐을 작업용 책상 옆에 내던지고 우선은 부엌을 체크한다. 싱크대는 설거짓거리로 한가득. 이것만 해 줬더라 도 눈물이 날 만큼 편할 텐데……. 식재료는 무, 양파, 당근, 감자 등 오래 보관할 수 있는 뿌리채소에 육류는 냉동한 자투리 돼지고기와 고등어 통조림 정도. 뭐, 식재료가 별로 없는 건 사러 가지 않은 내 잘못이지만, 아니, 본심을 말하자면 하루 종일 집에 있는 여자 친구 님이 사 두었다면 좋았겠지만. 불평해 봤자 밥은 나오지 않는다.

마음을 가다듬고 보온밥솥을 열어 봤더니 어제 지은 쌀밥이 간당 간당 2인분. 하지만 이렇게 꽁꽁 얼어붙은 몸으로 고등어 통조림 밥 과 된장국을 먹는 건 좀 슬프고, 어차피 가스레인지를 쓴다면 된장 국 끓이는 거나 다른 요리를 하는 거나 그게 그거다.

그렇다면 떠오르는 요리는 야채를 미네스트로네 사이즈로 썰어 서 프라이팬으로 만드는 '시간 단축 카레'다. 양파는 굵게 다지고, 감 자와 당근도 잘 익도록 1cm로 깍둑썰기한다. 센불로 자투리 돼지고 기를 볶은 프라이팬에 썰어 놓은 채소들을 넣고 맛술을 조금 부은 다음 뚜껑을 덮고 약불로 낮춰 5분으로 타이머를 예약하고 익힌다. 그런 다음 여기에 물을 넣고 보글보글 끓으면 고체 카레를 거름망에 넣어 푼 뒤 타이머 10분. 어머, 간단해라! 이걸로 시간 단축 카레는 완성이다.

마지막 10분 동안 싱크대의 설거짓거리를 끝내고 목욕 준비를 하 면 된다. 딱 좋다. 이걸로 가자, 렛츠 야채 껍질 벗기기!

사실 식당 주방 아르바이트를 오래 했던 나에게는 이런 '계획마& 논스톱마'적인 면이 있어서, 이날도 집에 온 순간부터 앉지도 않고 논스톱으로 야채를 칼질하기 시작했다. 온수기에 데워진 따뜻한 물 이 얼어붙은 손에 배어들었다.

이런 준비를 하는 사이에 주방에서 거실의 여자 친구님에게 "너 도 먹을 거야?"라든가 "밥 먹게 상 좀 치워 줘"라고 말을 걸었던 것 같기도 하다. 그러나 거실에선 묵묵부답. 좁은 연립주택에 맛있는 카레 향이 차오르고, 흰밥을 접시에 담고 카레를 얹어서 "다 됐으니까 가지러 와~" 말을 걸었을 때도 대답은 없었다.

아아, 부글부글부글.

어쩔 수 없이 2인분 쟁반을 혼자 들고 거실로 들어서자 눈앞에 펼쳐진 것은 달라진 게 전혀 없는 카오스 집구석! 테이블 위는 물건이 넘쳐 나 접시를 둘 곳도 없었다. 그 테이블 아래의 바닥도 물건으로 가득해서 무언가를 밟지 않고 걷는 건 불가능하고, 그런 거실 구석에서 여자 친구님은 내가 돌아왔을 때와 전혀 다르지 않은 자세로 게임에 집중하고 자빠져 있었다!

아무래도 동료와 협력해서 퀘스트를 공략하는 중인 모양인데, 그딴 건 내 알 바 아냐! 더 이상 못 참아!

"으아아아!"

하늘을 나는 카레 접시! 밥과 카레가 혼연일체가 되어 바닥에 흩어지고, 두 동강으로 쪼개지는 접시.

이것이 플라잉 카레 접시 사건의 전모다.

운 나쁘게도 이 노란 카레 접시가 당시의 우리 집에서는 최고급품이었던 '애프터눈 티'의 제품이었기에 오늘날에 이르기까지 "그 접시 아끼던 건데"라는 말을 계속 듣는 일화가 되고 말았다.

돌이켜보면 이렇게 물건에 분풀이를 하는 것도 충분히 정신적 가정폭력에 해당하지만, 나도 어지간히 한계에 달했고 지금 다시 생각해도 열받는다.

　이 플라잉 카레 접시 사건 이후에도 일 년에 한두 번 한계를 초과한 내가 물건에 분풀이를 하면서 부서트릴 때가 있어서 청소기 전손 사건과 소반 정권 쪼개기 사건, 천장 간장 사건, 겨울밤 창문 유리 소실 사건 등이 일어났지만, 변함없이 여자 친구님은 아무리 생각해도 본인이 잘못한 상황임에도 고집스레 사과하지 않았고 또한 고집스레 바뀌려 하지 않았다.

항우울제로부터
　　　독립을 선언하다

　말해 봤자 허사, 말해 봤자 피곤할 뿐. 몇 년에 걸쳐 여자 친구님에게 연거푸 패배한 나는 그렇게 체념했다. 한편 여자 친구님은 '내가 이렇게 구제불능이라도 이 사람은 나를 안 버리는구나' 생각했을까? 내가 여자 친구님에게 하는 잔소리가 줄었던 것이 조금은 효과가 있었던 걸까?

　주치의인 정신과 의사로부터 "슬슬 약을 끊고 일해 볼까요?"라는 말을 들은 것은 통원한 지 2년쯤 되던 무렵이었다. 솔직히 약간 시기상조인 느낌이 들었지만, 프리랜서 기자로서 독립한 지 얼마 되지 않았던지라 경제적으로 편했을 리 없었다.

　그리고 무엇보다 처방받던 약의 부작용이 상당히 심해서 보기만 해도 괴로웠다.

비쩍 마른 체형이었던 여자 친구님은 믿을 수 없는 기세로 살이 쪘고, 젖샘이 부풀어서 젖이 나오거나 낮에 무리하게 걸으면 한 걸음 한 걸음마다 삘 듯한 느낌이 들면서 허리에 힘이 풀려 길거리에 주저앉아 그대로 걷지 못하게 되는 경우도 있었다

그 딱한 모습은 나도 슬슬 못 견딜 지경이었다. 놀라운 점은 여자 친구님이 그 주치의의 말에 제대로 반응했다는 것이었다.

"잘 안 돼도 괜찮아요. 잘 안 되면 또 쉬면 되니까요"라는 주치의의 말에 의지해 여자 친구님은 몇 차례 아르바이트 면접을 봤고, 그 가운데 책과 게임, 음악 소프트웨어에 잡화까지 취급하는 대형 복합 서점에서 채용 연락을 받았다. 소속은 CD 매장, 주 5일 근무에 저녁 5시부터 심야 2시까지의 스케줄로 일을 시작했다.

약을 끊고 나서 아르바이트를 하는 게 아니라 아르바이트 시작과 동시에 약을 끊는 것이었으니 순조롭게 흘러갈 리는 없었다. 여하튼 여자 친구님이 그때 처방받던 약제에는 일반적인 수면유도제 등에 더해 당시 혁명적인 항우울제라고 불리던(동시에 부작용이 가장 흉악하다고들 했던) SSRI(선택적 세로토닌 재흡수 억제제)가 포함되어 있었고, 그중에서도 '팍실Paxil'이라는 약의 금단 증상이 심했다.

약을 안 먹으면 덮쳐 오는 강한 불안감, 악몽, 현기증 그리고 격렬하게 뛰는 심장. 게다가 멍해질 때도 많아서 아르바이트하는 가게의 여자 선배가 괴롭히는 것 같기도 했다.

＊
＊＊

"그만두고 싶으면 언제든 그만둬도 돼."

아르바이트를 하고 돌아와 집 방바닥에 녹초가 되어 누워 있는 여자 친구님의 등을 어루만지면 그녀는 놀랄 정도의 악력으로 나의 무릎을 움켜쥐며 "안 그만둬"라고 말했다. 이를 악무는 것처럼, 눈동자에 눈물을 그렁그렁하게 담고서, 하지만 결코 흐느껴 울지는 않으며. 좀 무서운 표정의 여자 친구님이었다.

이 무렵부터였을까. 여자 친구님의 정신 구조에서 나는 새로운 발견을 했던 것 같다. 정신적으로 아프다는 건 마음이 여리고 약한 거라고 나는 생각해 왔다. 하지만 정말 그럴까?

분명 그녀는 정신적으로 아파서 격렬한 손목 긋기를 거듭해 왔지만 실은 나에게 우는소리다운 우는소리를 하는 경우는 흔치 않았고, 심하게 고집스러워서 자신의 신념을 꺾지 않았으며, 지기 싫어하는 성격이라 자주 분통을 터트렸다. 한마디로 말하자면 상당히 '터프한' 성격을 지니고 있었다.

아침에 일어나지 않고 집안일을 안 하는 전형적인 게으름뱅이의 생활 태도와는 완전히 상반되게 느껴지는 이 성격. 이렇게 터프한 여자 친구님이 왜 그렇게나 구제불능이 되었는가에 대한 대답에 이르기까지 그로부터 또다시 10년 이상의 시간이 걸리리라고는, 당시의 나는 생각지도 못했다.

어쨌든 이 약물 중단으로 인한 금단 증상과의 싸움에서 내가 도
와줄 수 있는 일은 거의 없었다. 금단 증상에서 완전히 벗어나기까
지는 넉 달쯤 걸렸고, 그 뒤로 여자 친구님은 정신과에서 깨끗이 손
을 씻게 되었다.

그리고 이때부터 여자 친구님의 새로운 폭주 카오스 인생이 시작
되었다.

제 2 장

생활력 '제로', 살림력 '제로', 그래도 사랑하는 나의 아내님

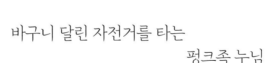

바구니 달린 자전거를 타는
펑크족 누님

주치의의 권유에 따라 아르바이트를 시작하고, 놀랄 만큼 강인하게 정신과 처방약의 금단 증상과 싸운 끝에 훌륭하게 자력으로 약 끊기에 성공한 여자 친구님. 동시에 손목을 긋는 빈도도 줄어서 여자 친구님의 손목에서는 한 줄 한 줄 딱지가 사라져 갔다. 약의 부작용으로 언제나 멍했던 여자 친구님의 눈은 예전의 광채를 되찾았고, 회사에서 갖가지 흑역사의 전설을 줄줄이 만들어 내던 시절의 활력이 돌아왔다. 그러면서 손쓸 도리가 없는 기행도 컴백했지만, 나에게는 무엇보다 '그 여자 친구님이 돌아왔다!'라는 기쁨이 더 컸다.

더운 날도 추운 날도 낡아빠진 스쿠터를 둘이서 함께 타고 옆 동네 정신과를 계속 다니던 나날. '각오를 했다'라고는 하나 정말로 여자 친구님이 죽기라도 하면 어쩌나 벌벌 떨던 날들과의 작별.

　그때까지 정신적으로 아픈 교제 상대를 줄곧 버려 왔다는 죄책감과 좌절감이 완전히 씻긴 것은 아니었지만, 2인 3각으로 괴로운 나날을 이겨 냈다는 진한 성취감과 그전까지 느껴 본 적 없는 깊은 유대감의 온기에 젖어…….

*
**

　… 젖어 있는 게 허용될 만큼 여자 친구님은 만만하지 않았다. 정신과와 손목 긋기 졸업 그리고 아르바이트 개시와 동시에 여자 친구님의 카오스 생성력은 한층 격렬하게 폭주하게 되었다.

　아르바이트 시작 무렵에는 집에서 2km 남짓 떨어진 그 복합형 대형 서점에 오토바이로 데려다주고 데려왔지만, 얼마 뒤 본인의 월급으로 바구니 달린 하늘색 자전거를 사와서 자기 힘으로 다니게 되었다. 시급은 싸서 주 5일 일해도 월급은 9만 엔 정도. 그중 얼마쯤은 엄청나게 떫은 표정을 지으며 생활비에 보태 줘서 빈곤하던 가계에는 눈물이 날 정도로 도움이 되었지만, 남은 월급은 전부 자신의 폭주하는 수수께끼의 수집벽에 허비했다.

　첫 월급으로 예쁜 옷이라도 사나 했더니, 함박웃음을 지으며 사온 건 소니의 PS(플레이스테이션)2. 그것을 시작으로 넓지도 않은 연립주택의 온갖 구석구석에 물건이 넘쳐 나게 되었다. CD 매장 직원이라는 직권을 거침없이 활용한 샘플판 CD와 게임 소프트웨어, 갖

가지 한정판 어쩌고가 산더미를 이루었고, 상업지, 동인지, 소녀만
화에서 19금에 이르기까지 장르를 불문한 만화책이 방바닥을 가득
채웠으며, 벗어 던진 옷도 한데 뒤섞여 침실의 다다미를 뒤덮었다.

흡사 무슨 외래생물을 연상케 하는 폭발적인 번식력. 네 물건은
황소개구리나 큰입배스나 붉은귀거북이냐? 참고로 이부자리 머리
맡의 다다미에 보물처럼 쌓여 가는 것은 컬트적인 인기를 끌었던 호
러 만화가 이토 준지 선생의 작품 컬렉션이었다. 악몽 꿀 것 같아!

부탁입니다. 물건을 방바닥에 늘어놓지 말고, 적어도 쌓아서 위로
뻗어 가게 합시다. 보다 못해 공간박스를 더 사서 책장을 만들었는
데, 모든 장서를 수납하려고 했더니 쌓아 올린 공간박스가 약 3평짜
리 방의 벽 한 면을 가득 채우고 천장까지 닿는 높이가 되어 버렸다.
과연 지진으로 무너지는 게 먼저일지, 다다미 아래의 마룻귀틀이 빠
지는 게 먼저일지.

그런 와중에 정기 간행되는 만화잡지를 즐거운 듯 순서대로 가지
런히 늘어놓으시는 여자 친구님이었는데, 그 장서를 조금이라도 내
가 만질라치면 "만화책 봤지? 원래 자리로 돌려 놔!"라니. 너 말이야,
그 카오스 속에서 무슨 변화를 알아차렸다는 거야?

폭주하는 건 만화책 방면만은 아니었다. 본가에 갈 때마다 베타
규격* 비디오덱이니 거대한 봉제 인형이니 생활에 불필요한 큰 물건

●   과거 소니에서 발매한 가정용 비디오테이프의 규격.

을 들고 왔다. 초판부터 어드밴스판까지, 게임보이만 몇 대가 필요한 건가요, 그대는?

뭔가 값비싼 패션 잡지 같은 걸 대량으로 사들이나 했더니, 훗날 잘못된 방향으로 과격해진 여성복의 전당이 된 《고딕 앤드 롤리타 바이블》을 비롯한 최첨단 패션지들이었다. 아니, 이런 건 하얗고 보송보송한 안짱다리 타입의 특권이지, 여자 친구님처럼 오다리로 질주하는 타입에게는 좀 안 어울리지 않을까 하고 쓸데없는 말을 하는 바람에 이상한 쪽으로 자극을 받은 여자 친구님.

양쪽 귀에는 눈 깜짝할 사이에 피어싱 구멍이 총 아홉 개가 되었고, 거기서 만족하지 않고 입술, 혓바닥, 배꼽까지 증식했다. 그리고 어느새 동그란 철제 배지가 쩔렁거리는 캔버스 천 가방을 어깨에 메고 앞코에 철판이 들어간 엔지니어 부츠로 무장한 채, 바구니 달린 자전거에 올라타 아르바이트하는 가게로 폭주하는 펑크족 누님이 되어 버렸다.

살림력 제로 아내님의
2가지 생존 스킬

  한편 이 시기부터 여자 친구님은 전반적인 집안일을 거의 완전히 보이콧하기 시작했다. 요리는 내가 집에 있을 때 만드는 것을 함께 먹거나 외식, 혹은 막과자나 즉석식품을 먹었다. 아르바이트를 하는 날의 여자 친구님은 오후 4시에 일어나 밥도 안 먹고 가게로 향해 거기서 편의점 도시락이나 패스트푸드 등으로 두 끼를 때웠다. 그리고 심야 애니메이션을 보기 위해 전력 질주해서 집에 온 뒤로는 새벽 2시부터 이튿날 오후 4시까지 아무것도 먹지 않는 불건강하기 짝이 없는 스케줄이었으니, 부엌에 자발적으로 서는 일은 전혀 없었다.

  세탁도 오롯이 내 담당이었는데, 다행인지 불행인지 세탁기 속에 여자 친구님의 빨래가 처박혀 있는 일은 거의 없었다. 주 1회 정도의 빈도로 더러워질 대로 더러워진 아르바이트 유니폼이나 양말이 들어 있는 정도였다. 덧붙여 집에서 입는 옷은 귀가 후 침실 바닥의 '벗어 던지기 구역'에서 주워 입고 나갈 때 같은 구역으로 벗어 던지는, 잘 생각해 보면 굉장히 합리적인 시스템을 채용했지만 그런 합리성은 필요 없다고! 아, 열받네.

맑은 날 아침은 빨래로 시작하고 싶은 타입인 나는 그 벗어 던지기 구역 속에서 슬슬 세탁하는 게 좋을 듯한 옷을 골라내어 아르바이트를 마친 뒤 아침까지 애니메이션 시청과 게임으로 체력을 탈탈 털어 쓰고 기절한 듯 잠자는 여자 친구님을 넘어가 베란다에서 빨래를 너는 나날을 보냈다.

여름이면 하루에 두 번은 티셔츠를 갈아입고 싶을 정도로 신진대사가 활발한 나와는 반대로 여자 친구님은 얄미울 정도로 체취가 없는 사람이었으니 어쩌면 그대로 버섯이라도 자랄 때까지 내버려 두는 게 좋았을지도 모른다. 아니, 당시를 회상하다 생각났다. 침실 바닥의 오염 상태에 너무도 열받아서 세탁기 속에 던져 놓은 여자 친구님의 양말을 방바닥으로 되돌려 둔 적이 있긴 하다.

그때 여자 친구님은 "이런, 무좀 생겼네" 하며 피부과에 갔다. 그렇다는 건 여자 친구님 나름대로 더러움의 한계선은 알고 있었다는 뜻일까. 좀 미안한 짓을 했구먼…….

요전날 외출했을 때 카페에서 주뼛주뼛 무좀 사건의 진상을 고백했더니 아내님은 눈을 부라리며 나를 찌릿 째려보고는 "너 이 자식, 집에 가서 두고 봐" 했다. 우와, 무서워라!

청소에 관해서는 이제 뭐든 말하기를 포기했다. 포기해 버리자 계속 늘어나는 물량으로 인해 결국은 귀중한 수납장인 거실 천장 아래의 벽장을 지지하는 튼실한 기둥이 휘어 문짝이 떨어져서 유압잭으로 들어 올리고 브래킷으로 보강하는 지경에 이르렀다. 대형 오토바이로 바닥에 구멍을 낸 예전 산업폐기물 골방에 이어 집주인에게 면목 없는 세입자가 되어 버렸다. 가공할 만한 여자 친구님.

그러나 이 폭주를 나도 그저 잠자코 보고만 있었던 건 아니다. 앞장에서 여자 친구님의 정신과 통원 졸업에 대한 고찰로서 "적어도 내가 여자 친구님에게 하는 잔소리가 줄었던 것이 조금은 효과가 있지 않았을까"라고 잘난 척 썼지만, 여기서는 그 말을 완전히 철회한다. 잘 생각해 보면 나는 그 당시에도 칠칠치 못한 마이웨이를 전개하는 여자 친구님에게 잔소리를 계속했던 것 같다. 아니, 할 수밖에 없는 상황이 이어졌다.

실제로 당시의 일을 본인에게 물어보자,

"당신 잔소리가 줄어들 리 없잖아" 한다.

역시 그런가요. 아니, 그럼 여자 친구님은 나의 잔소리와 손목 긋기라는 악순환에서 어떻게 벗어난 걸까? 다시 한번 기억을 더듬어 본다.

내 잔소리는 줄지 않았지만 당시의 여자 친구님에게는 '한 귀로 듣고 흘리기 스킬'과 '적반하장 스킬'이 쌓였던 것 같다. 쌓일 대로 쌓인 집안일에, 더러워질 대로 더러워진 집구석에, 이걸 해 달라 저걸

해 달라 내가 말하면 여자 친구님은 "알겠어~ 해 놓을게~(마음 내키면)" 하면서 꽤나 태연한 얼굴로 '하지 않았다'. 그에 대해 내가 화를 내면 이번에는 적반하장으로 불쾌해하는 여자 친구님.

그런데 이 불쾌함이 또 엄청나게 오래 가서 내가 먼저 "내 말투가 나빴어" 하고 사과할 때까지 며칠이고 계속되거나, 혹은 지병인 위경련 발작을 일으켜 격렬한 복통에 구슬땀을 흘리며 근처 종합병원 응급실로 실려 가는 사태가 일어났다. 대체 몇 번이나 이런 일이 반복되어 여자 친구님을 한밤중의 응급실로 실어 날랐던가.

여기에는 솔직히 두 손 들었다. 잘못한 건 아마도 여자 친구님일 텐데 결국 마지막에 굽히는 건 나였다. 복통으로 몸부림치는 모습을 보면 마치 내가 나쁜 것 같잖아.

지금 생각하면 내가 나빴던 게 맞다. '왜 여자 친구님이 집안일을 못 하는가'에 대해 생각해 보지 않았고, 나의 잔소리가 정신적인 가정폭력이 될 수 있다는 사실도 당시에는 몰랐다. 여자 친구님이 쌓은 '한 귀로 듣고 흘리기 스킬'은 잔소리를 곧이곧대로 들음으로써 자신이 망가져 버리는 것을 예방하는 자기방어적인 반응이었다. 본가에서 어머니와 할머니의 맹렬한 질책과 부정으로부터 도망칠 곳을 찾지 못해 망가져 버린 여자 친구님은 나의 잔소리까지 정면으로 받아들이면 부서져 버린다는 것을 본능적으로 느꼈고 그렇게 궁지에 몰린 결과 그런 스킬이 생긴 것이다.

‧‧
✲✲

　나는 이런 고찰을 확정했는데, 실제로 아내님은 어땠나요? 나로서는 '오랫동안 사귀다 보니 이 사람은 화를 내긴 해도 최종적으로 나를 버리는 일은 없을 거라고 믿게 되었기 때문'이라는 식의 아름다운 대답을 바랍니다.

　그러나 아내님의 대답은 "그건 말이지, 당신 잔소리를 제대로 들으면 위가 아프고 토가 나와서 쓰러지니까 한 귀로 흘리는 수밖에 없었어."

　이 녀석, 노골적이구나.

　어느 쪽이든 당시의 나는 여자 친구님을 방치하는 모드로 돌입했다. 물론 함께 사는데 집안일을 하는 사람이 나뿐이라면 그건 불평등해서 스트레스가 쌓이지만, 커플이라기보다 아버지와 딸. 칠칠치 못한 딸이 있다고 생각하면 된다. 그게 당시의 내 생각이었다.

　다행히 나에게는 여자 친구님이 가출하기 전 7년의 자취 경력이 있었고, 요리는 식당 주방에서 아르바이트했던 경험이 있어 그다지 고통스럽지 않았으며 오히려 원고 집필이 잘 풀리지 않을 때 기분 전환도 됐다. 지쳐서 돌아왔을 때 따뜻한 밥이 차려져 있으면 좋겠지만, 그것을 바라서 말싸움을 할 바에는 직접 만드는 편이 빠르고 편하고 맛있었다. 방바닥의 오염 면적이 견딜 수 있는 역치를 넘어서면 발로 벽 쪽으로 밀어서 걸을 장소를 확보하면 됐다.

세상에 어떤 동거 커플이 있든 그 형태는 제각각이니까.

상당히 무리한 생각이었지만 이런 식으로 자신을 타이를 수 있었던 것에도 나름의 이유가 있었다.

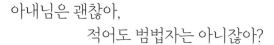

아내님은 괜찮아,
　　　　적어도 범법자는 아니잖아?

　　여자 친구님이 정신과를 졸업하고 얼마 지난 무렵에는 프리랜서 기자로서의 내 일도 차츰 안정되었다. 또한 그 시기는 나의 취재 대상과 콘셉트가 '사회의 뒤편에 있는 곤궁한 사람들'로 좁혀져 간 시기이기도 했다.

　　당시 내가 가장 힘을 쏟아 취재했던 대상은 어린 시절 가정의 빈곤이나 학대, 아동 방치를 겪고 그런 열악한 환경으로부터 가출해 매춘으로 생계를 유지하는 미성년자 소녀들과, 마찬가지로 가정의 붕괴나 빈곤 때문에 떳떳하지 못한 일에 손을 대게 된 무법자 같은 남자애들이었다. 그리고 그 주변을 취재하다 보니 처방받은 정신과 약을 마약으로서 비강 흡입하는 등의 오용 문화에 빠져드는 소녀들이나 정신질환을 앓으면서 매춘으로 번 돈으로 아이를 키우는 싱글

맘 등도 나의 취재 대상이 되어 갔다.

　그런데 이런 취재 대상자가 앓고 있는 정신적 질환의 정도나 일탈 행동은 여자 친구님에 비하면 압도적으로 심해서 손 쓸 도리가 없었다. 환각과 환청이 뒤따르거나 폭력적 충동을 동반한 격렬한 피해망상에 사로잡히기도 했다. 그들 대부분은 원래 무언가의 피해자였지만 이제는 어중간한 노력으로는 끝까지 케어할 수 없는 위험한 존재가 되어 버린 사람들이었다. 그런 그들이 주위 사람들을 휘두르는 행태 또한 엄청났다. 그런 깊은 문제를 껴안고 있는 취재 대상자들을 만나며 나의 감각도 상당히 마비되어 갔던 것 같다.

　그 사람들에 비하면 내 여자 친구님의 일탈은 '가벼운 얘깃거리의 범주' 안에 있었다. 함께 살면 불평불만은 쌓이지만 여자 친구님은 세탁기의 호스를 잡아 빼서 온 집안을 물바다로 만드는 패닉에 빠지거나 화가 나서 나에게 칼을 겨누는 짓은 하지 않았고, 몇 다리나 걸치며 바람을 피우고는 "당신의 진심을 시험해 보고 싶었어"라는 터무니없는 말도 하지 않았다. 양팔저울에 달아 보면 여자 친구님의 독특한 성격은 나의 인내로 얼마든지 균형을 맞출 수 있었다. 여자 친구님, 이 정도라서 다행이야. 당시의 나는 그런 식으로 생각하고 있었다.

저, 저랑
        결, 결, 결혼해 주세요

　　이럭저럭해서 동거 시작으로부터 4년 반 뒤인 2003년 초여름. 나는 여자 친구님에게 프러포즈를 했다. 솔직히 나는 결혼에 대해서는 아주 소극적이었다. 나는 무척 성가신 남자라서 결혼이라는 제도 중에서도 '여성의 성이 바뀌는' 것과 '결납금結納金●'에 상당한 혐오감을 품고 있었다. 그것은 어디까지나 집안끼리의 계약 같았고, 양가 사이에서 여성이 물건 취급을 받는 것이며, 더군다나 금전을 주고받는다는 건 완전히 인신매매라고 생각했다.

　　지금도 그런 관습은 구역질 난다고 생각한다. 화려하게 예식을 연출해서 터무니없이 많은 돈을 뜯어내는 웨딩 비즈니스도, 그런 예

●　일본에서 결혼할 때 신랑 측에서 신부 측으로 보내는 현금.

식에 본인들뿐만 아니라 부모의 재산까지 쏟아부은 주제에 헤어져 버리는 커플도, 모든 게 너무 한심하게 느껴진다.

그런 비뚤어진 성격의 결혼 제도 안티인 내가 결혼을 생각한 이유가 있다. 첫째로 여자 친구님의 부모님이 딸을 '후계자'로 삼아 괜찮은 사위를 들이려던 계획을 포기하고 그냥 '얼른 결혼해' 모드에 들어갔는데, 그게 여자 친구님에게 큰 스트레스였다는 것이다. "결혼은 할 거지? 그럼 예식은 어쩔 거니?! 식장이랑 답례품은 어쩔 거야?!" "얼른 애 낳아야지, 애, 애!" 하며 연거푸 걸려 오는 어머니로부터의 전화. 급기야는 어머니에게 연락이 올 때마다 얼굴에 두드러기가 날 정도였다.

또 나로서도 여자 친구님에게 "부모님에게 지지 마" 하고 실컷 전투태세를 취하게 해 두고서 그녀의 건강보험이 아직 부모님 밑에 딸려 있다는 점이나 주민등록이 본가로 되어 있는 탓에 각종 세금도 부모님이 내고 있어 모양이 나지 않는다는 점이 크게 마음에 걸렸다.

'둘이서 생활해 나가는 것에 관해 누구에게 어떤 참견도 듣고 싶지 않다. 그리고 앞으로도 둘이서 함께 살 생각이라면 제도적·경제적으로도 혼인신고를 하는 편이 유리하다.' 그것이 내가 프러포즈를 단행한 이유였다.

그런 소극적인 포지션이었으니, 약혼반지와 결혼반지 역시 데이트 상법* 전문인 불량한 여성 친구와 함께 오카치마치의 귀금속 도

매상 거리를 돌며 회사원의 석 달치 월급 정도 하는 물건을 한 달치
월급 정도로 깎아서 도매가에 샀다. 그렇다 해도 인생 첫 프러포즈
이므로 반지를 건넬 때만큼은 로맨틱하게 하고 싶었다. 내가 고른
장소는 여자 친구님이 어린 시절부터 가족들과 함께 갔던 롯폰기의
이탈리안 레스토랑이었다. 우리도 가끔 기분 내고 싶을 때 몇 번인
가 갔던 터라 평소의 식사 분위기로 가게에 들어갔다.

자, 서프라이즈! 여자 친구님, 잠시 눈을 감아 주시겠어요? 오케
이, 떠도 됩니다.

"이게 뭐야?"

"저, 저, 저, 저랑 결, 결, 결, 결혼해 주세요."

"……어디 보자. 이 반지, 전당포에 가져가면 얼마 정도 받아?"

우와, 그렇게 나오시나요, 이 자식. 이쯤 되면 로맨틱이고 나발이
고 없다.

결혼식에 쓸 돈이 있다면 "《제쿠시》^{••}와 비슷한 두께의 19금 동인
지에 돈을 쓰고 싶어"라고 하는 여자 친구이니만큼 식장은 도쿄 도
내에서 가장 싼, 19금 동인지 40권값 정도(기본요금 4만 엔)인 말도 안
되는 장소를 발굴했고 참석자는 양가 부모님에 여자 친구님 쪽 할머
니 두 분과 내 쪽 누나 가족을 더해 총 아홉 명이라는 지극히 심플한

●   SNS나 만남 사이트 등을 통해 이성을 꾀어 내어 연애 감정을 이용해 업자의 판매점으로
    데려가서 물건을 사게 만드는 상술.
●● 일본의 구인광고 회사(리크루트)가 일본과 중국에서 발행하는 결혼정보지.

예식을 계획했다. 초저가 렌탈 드레스를 시착할 때 찍은 기념사진에는 순백의 드레스를 입은 아내님이 혀 한가운데 박힌 피어싱을 빛내며 가운뎃손가락을 세우고 있다.

이럭저럭해서 동거 5주년을 앞둔 2003년 9월 말, 식장에서 2차까지 합계 12만 엔이 채 안 되는 적은 출혈로 우리는 결혼식을 올렸고 여자 친구님은 경사스럽게 나의 아내님이 되었다.

덧붙이자면 이 이야기에는 또 다른 결말이 있다. 결혼 전, 수속 종류를 너무나 싫어하는 아내님은 식장 예약도 가족들에게 하는 연락도 모조리 나에게만 맡겨서 나는 예식 후 혼인신고서를 써서 시청에 내러 가는 것 정도는 아내님이 해 달라고 주장했다. 그런데 막상 식이 끝나니 아내님은 좀처럼 무거운 엉덩이를 떼지 않았고, "그렇게 결혼시키고 싶으면 시청 직원이 혼인신고서를 가지러 오면 되잖아"라고 말하는 형국이었다. 결국 둘이서 시청의 야간 접수처에 혼인신고서를 내러 간 것은 이듬해 2월 말…….

덕분에 어느 쪽이 진짜 결혼기념일인지 우리 집에서는 아직까지 답이 나오지 않고 있다.

오토바이 마니아와
민물복어 수집가

    동거도 5년을 하다 보면 막상 부부가 되었다 한들 변하는 게 없다. 다만 한 가지, 이 시기부터 우리 집의 카오스는 한층 심해졌다.

    아내님이 된 여자 친구님은 결혼과 거의 동시에 "난 인형 옷 재봉사가 될 거야(인형 옷을 만들어서 돈을 벌 거야)"라고 선언하며 열심히 다니던 아르바이트를 시원하게 그만뒀다. 인형이라지만 어린애가 가지고 노는 장난감이 아니다. 당시 몇몇 회사에서 예전에는 값비쌌던 비스크돌(19세기 유럽 귀족 문화에서 시작된 정교한 도자기 인형)의 보급형을 발매하여 언더 컬처에서 슬며시 유행하고 있었는데, 그 옷을 만들어 판다는 것이었다.

    원래 아내님의 가계에는 공예가의 피가 흐르고 있어서 어머니는 일본 옷 재봉, 친할머니는 서양 옷 재봉 자격증이 있었다. 외할머니도 가죽 세공으로 개인 교실을 열고 있었다. 그런 피에 불이 붙은 것인지 몇만 엔이나 하는 값비싼 인형을 몇 개나 샀고, 그전까지도 물건으로 넘쳐 나던 연립주택의 주방에는 새롭게 재봉틀 책상과 재단 책상과 자료 서적 책장 등이 증설되어 우리 집은 더한층 바닥이 보이지 않는 집이 되었다.

"아내님, 옷을 만들기 위한 샘플 인형이 굳이 '한정판'일 필요가 있는지요?"

"그야 귀엽기 때문이지."

'그건 이유가 못 되는데요……'

하지만 이렇게 불평할 수는 없었다. 왜냐하면 나도 약간 폭주 모드로 돌입했기 때문이다.

당시는 프리랜서 기자 일도 드디어 궤도에 오른 시기. 나는 매일같이 취재나 미팅으로 동분서주하는 가운데 번 돈으로 업무 이동용 오토바이를 새로 사고, 그전까지 쓰던 업무용 오토바이에는 더 큰 돈을 쏟아부어 오토바이 경주에 참가하게 되었다.

생각해 보면 그 당시는 취재 대상이 점점 사회적 약자를 중심으로 수렴해 가던 시기이기도 했다. 기자로서 젊었던 나는 매일 만나는 취재 대상이 껴안고 있는 고통이나 마음의 어둠으로부터 얼마큼 거리를 둬야 할지 몰라서, 때로는 그 어두운 면으로 세차게 끌려가기도 했다. 매일매일의 취재 생활에서 받는 스트레스는 보통이 아니었고, 들을 때 괴로운 이야기를 글자로 옮기는 건 더욱 괴로웠다. 그와 동시에 그럭저럭 돈을 벌게 되자 더럽게 가난했던 20대 시절의 좌절까지 내 안에서 맹렬히 분출되어 나는 그 모든 것을 오토바이 경주 쪽으로 폭발시켰다.

자는 시간도 아껴 가며 취재를 하고 기사를 쓰고 빈 시간은 모조리 경기에 쏟아붓는 나날. 매주 토요일은 경화물차에 경기 차량을 싣고, 조수석에는 억지로 깨운 아내님을 태워 연습 경기장으로 갔다. 평일에도 경기 차량을 세팅하고 싶어서 취재나 미팅에도 오토바이가 그대로 실린 경화물차로 갔다가, 곧장 항만 지대 등으로 이동해 차를 세우고 그 안에서 원고를 쓰고 오토바이를 만지다 집으로 오는 나날이 이어졌다.

어느 날 갑자기 취미가 격화되어 낡은 오토바이로 참전하는 것이었으니 연립주택의 계단부터 거실과 부엌의 구석구석까지 가장 많을 때는 일곱 개의 예비 엔진이 쌓여 있었고, 그래도 부족해서 집 근처의 컨테이너 창고를 빌려 예비 프레임이니 연습용 차량이니를 넣어 두는 지경이 되었다.

아내님도 '당신이 취미를 위해 살아간다면 나도 마음대로 할 거야'라는 양 인형 옷 만들기에 더해 열대어 기르기라는 새로운 취미를 추가, 고작 1년 만에 거실 벽 쪽으로 수조 13개가 늘어서는 수족관 같은 상태를 창출했다.

또한 무슨 까닭인지 '민물복어'를 주로 키워서 메콩강이니 아마존강이니 콩고강이니 하는 세계 각지의 하천에 사는 물고기가 우리 집 거실에 대집합! 각각에게 '룬룬' '지 짱' '다이다이 씨' '다이고로 씨' '바보 씨' '요네쿠라 오빠' '요네쿠라 동생' 등 기묘하게 최악의 센스로 이름을 붙이고는 날마다 "룬룬은 귀엽네, 누나랑 데이트할까?" "다이 씨, 이 전쟁이 끝나면 나랑 결혼해 주세요" 하고 수조의 유리벽 너머로 말을 걸었다.

이리하여 결혼하고 몇 년이 지나자 우리 집은 대량의 서적과 철덩이와 알루미늄덩이와 열대어 수조로 일본 목조 건축의 내력 테스트를 하는 듯한 상황에 처하고 말았다.

"뭐야, 그냥 피장파장인 부부잖아"라는 독자의 핀잔이 들리는 것 같은데, 단연코 다르다! 나는 여전히 어떻게든 집의 질서를 유지하려 했고, 아침에 일어나면 아내님이 바닥에 늘어놓은 물건을 줍고 벗어던진 아내님의 옷을 세탁기에 풀스윙으로 던져 넣는 일상을 이어 나가고 있었다.

하지만 어째서인지 아내님이 만들어 내는 생활감 최고조의 우리 집은 방문하는 지인들로부터 "스즈키 씨 집에 오면 할머니 집에 온 것 같은 느낌이 들어"라며 호평받았다는 것을 덧붙이고 싶다.

"그런 말을 듣는 분위기니까 괜찮잖아."

아내님은 그렇게 말하지만… 너무도 심각한 참상을 견딜 수 없어서 '배려해서 그렇게 말해 주는 것'이라는 생각은 안 드는 거니, 그대는?

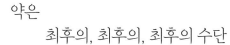

약은
　　최후의, 최후의, 최후의 수단

　　한편 심하게 손목을 그어 댔던 아내님의 정신 상태와 잔소리 대왕인 나와의 부부 관계는 어땠을까. 돌아보면 나의 잔소리는 여전히 계속되었지만, 아내님이 스스로 쌓은 한 귀로 듣고 한 귀로 흘리기 스킬과 적반하장 스킬은 해가 갈수록 강화되어 손목 긋기는 재발하지 않았다.

　　참고로 그 무렵(2000년대 중반)은 이른바 성인의 발달장애가 하나의 담론으로서 활발히 논의되던 시기이기도 했다. 살기 힘든 사람들을 테마로 취재해 온 나는 이 새로운 담론에 달려들어 책을 읽었고, 그 저자의 취재 기사를 쓰기도 했다. 다시 말해 아내님이 간직해 온 문제가 사실은 발달면에 있다는 확신을 이 무렵부터는 가지고 있었다는 얘기다.

그럼에도 불구하고 이 시점에서 내가 아내님의 발달장애를 의료기관에 상담하려는 결심을 하지 않았던 이유는, 당시 아이들의 발달장애에 '투약요법을 쓸지 말지'를 두고 거센 공방이 일었던 의료계에 적지 않은 위화감을 느끼고 있었기 때문이다.

성인 발달장애가 잡지 등에서 어느 정도 빈번히 다루어지게 되었던 이 시기에는, 동시에 아이들의 발달장애에 해외의 신약을 승인·도입하려는 흐름이 거세어졌다. 그 약의 이름은 '콘서타Concerta'. 지금은 성인 발달장애에도 처방되는 약인데, 나는 이 약이 마음에 좀 걸렸다.

왜냐하면 이 콘서타라는 신약은 일본 국내에서 '마약 대용'으로 남용하는 것이 큰 문제가 되었던 '리탈린Ritalin'이라는 약을 베이스로 하여 그 의존성을 경감하거나 완화함으로써 남용 리스크를 줄이려고 한 개량 버전인데, 내가 그 원형인 리탈린의 남용자 몇 명을 취재했기 때문이다.

리탈린은 원래 기면증(수면장애의 일종)에 처방하던 약인데 각성제와도 비슷한 특이한 '각성 효과' 때문에 마약으로서 주목받았다. 엄연히 의료기관의 공식 처방약이었지만 남용의 현장에서는 어엿한 마약으로 이용돼서 현재는 유통 규제 대상 약으로 지정되어 있다.

당시의 취재 케이스 중에는 '베게타민Vegetamin'이라는 강한 수면제를 부수어 스니핑(비강 흡입)해서 강제적으로 잠들고, 강한 각성 효과가 있는 리타스니(리탈린을 비강 흡입하는 것)로 정신을 강제 기동시키는 루틴에 빠져 있는 10대 중반의 소녀들이 많았다. 리탈린 중독자는 각성제 중독자와 마찬가지로 행동이 또랑또랑하고 이상할 정도로 흥분해 있으며 독특한 입 냄새도 나서 금세 알 수 있다. 이렇게 되면 이미 놀이의 일환이라는 단계를 벗어나 폐인이 된 상태다.

그리고 이런 남용자, 특히 어린 남용자를 취재하는 가운데 그 남용의 시작이 10대 초반 무렵 의사로부터 처방받은 항불안제나 수면유도제를 마약으로 사용한 것이라는 케이스를 많이 접하게 되자, 당연히 나는 아내님의 멘헤라 동료들 사이에서 횡행하던 약제 교환이나 아내님이 괴로움에 몸부림치며 이루어 낸 SSRI 투약 중단을 떠올리지 않을 수 없었다.

더군다나 당시 아이들에 대한 처방 승인이 아직 나지 않았던 콘서타는 리탈린에 비해 약값이 몹시 비싸서, 정신과 의료 현장에 대대적인 판촉 활동을 벌여 침투시킨 SSRI와 마찬가지로 거대한 제약업계 이권의 그림자를 느끼지 않을 수 없었던 것이다.

꿈의 시골살이를
시작하다

자, 궤도 이탈을 수정해 이야기를 우리 집으로 되돌리자.

불붙기 시작한 '성인 발달장애 붐'을 부감하며, 약제의 어두운 면만 마주할 때가 많았던 취재 활동. 나는 아내님이 발달면에서 심각한 문제를 껴안고 있다는 사실을 인식했으면서도, 약물을 사용한 치료를 아주 적극적으로는 단행하지 못하겠다고 생각했다.

아내님은 여전히 집안일을 하지 않았고, 약속한 것은 모조리 지키지 않으며, 가계에 도움이 될 정도로 돈을 벌려고도 하지 않았다. 하지만 우리 집의 가계는 어떻게든 나의 외벌이로도 굴러가서 취미 생활에 쓸 잉여금도 있었고, 집 카오스의 절반은 내가 만들어 낸 것이니 이제 피장파장이라고 생각했다. 집안일도 돈벌이도 아슬아슬한 선까지 내가 부담하고, 참을 수 없어지면 뚜껑이 열려서 잔소리를 하는 루틴도 그럭저럭 괜찮지 않은가.

무엇보다 우리 둘 다 괴로웠던 그 손목 긋기 시기를 이겨내어, 약을 끊고 컴백한 건강한 괴짜인 아내님에게 또다시 인체 실험 같은 투약은 시키기 싫었다.

과연 이 시기의 판단이 옳았는지는 모르겠지만 우리의 결혼 생활은 이 시점에 상당히 벼랑 끝에 내몰려 있었다고 이제야 생각한다. 여러 가지로 내 안에서 타협하고 있다고 생각했지만 나의 인내도 한계에 달했었고, 스트레스가 심하게 쌓여서 자칫 선을 넘었다면 손을 치켜들고 육체적인 폭력으로 나아갔을 수도 있다.

아니다. 애초에 정신적인 가정폭력이 육체적인 가정폭력보다 가볍다는 사고방식도 이상하다. 나의 잔소리나 물건에 분풀이를 하는 정신적 가정폭력으로 인한 타격은 아내님의 지병(1년에 몇 차례 응급실 신세를 지는 위경련 발작)으로 나타났다. 그런 관계를 견디지 못해 오히려 아내님이 이혼하자는 말을 꺼낼 가능성도 전혀 없지는 않았던 것이다.

하지만 그런 부부 사이의 위기에조차 우리는 둔해져 있었다. 그 무렵 우리 두 사람이 피부로 실감했던 위기는 부부 관계가 아니라 연립주택의 바닥이었다. 오토바이 부품이라는 이름의 대량의 쇳덩어리. 마치 수족관처럼 벽을 가득 채운 수조와 다다미를 파고드는 방대한 서적. 2011년의 동일본 대지진 때는 거센 흔들림에 물이 넘치는 열대어 수조 13개를 둘이서 필사적으로 떠받쳐야 했다.

그 경험을 통해 우리 부부가 생각해 낸 해결책은 물건을 버리고 줄이는 게 아니라 이 물량을 수납할 수 있는 곳으로 이사를 가는 것이었다.

조건은 도심의 동쪽까지 오토바이로 1시간(고속도로 이용) 이내일 것. 그리고 병약한 아내님이 만에 하나 쓰러져도 차로 15분 안에 도착할 수 있는 종합병원이 있을 것. (내가) 열심히 모은 저금으로 현금 일시불로 구입할 수 있는 저렴한 집일 것. 어차피 전철은 안 타니까 가까운 전철역 같은 건 필요 없다!

이리하여 고른 것은 지바현 중앙부의 논과 숲으로 둘러싸인 농촌(가장 가까운 역까지 도보 1시간)에 있는 낡은 단독주택이었다. 덧붙여 통상 이런 시골 생활 데뷔에는 '와이프의 양해'가 가장 큰 허들이라고들 하는데, 아내님은 집을 살펴보러 갔을 때 부지 입구에서 사람을 잘 따르는 하얀 고양이를 발견하고는 곧장 '장순이'라고 명명(하얗고 길쭉해서 장어 같았기 때문에). "장순이가 있는 마을로 이사하는 거야!" 하고 그 자리에서 결정해 버렸다.

그렇게 정했다면 한시라도 빨리, 연립주택 바닥이 내려앉기 전에 탈출이다!

2011년 늦가을, 우리 부부는 꿈의 시골살이에 돌입했다. 동경하던 바닥 면적, 수납할 곳 천지인 부지가 250평이나 됐다. 이 정도면 오토바이 전용 창고도 지을 수 있다. 만세!

이렇게 꿈에 부풀었던 이사 며칠 뒤의 아침, 아내님은 격렬한 두

통을 호소하며 병원에 갔고, 그 자리에서 한 검사를 통해 오른쪽 뇌
에 거대한 종양이 있다는 진단을 받았다. 그리고 아내님은 그대로
의식불명에 빠져 버렸다.

제 3 장

의식불명에 빠진 아내님, 뇌종양입니다

아내님,
　　　제발 죽지만 말아 줘

2011년 11월 11일. 그날 전후의 일은 떠올리기 싫어도 세세한 사건과 시각까지 극명하게 기억이 난다. 병원에서 뇌종양으로 진단받아 그대로 의식을 잃은 아내님은 당연히도 긴급 입원하게 되었다. 무척 규모가 크고 까다로운 수술이라서 수술일은 4일 뒤인 15일로 정해졌다. 바라보는 것도 괴로울 정도로 침대 위에서 고통스럽게 뒹구는 나날이 시작되었다.

아내님은 문자 그대로 생사를 헤맸다. 격렬한 두통으로 온몸에 땀을 흠씬 흘리며 고통으로 몸부림쳤고, 1시간가량 의식을 잃은 다음에는 맹렬한 추위를 호소하며 의식이 반쯤 깨어나거나 반대로 더위를 호소하며 입고 있는 것을 모조리 풀어헤치기를 반복했다. 일어나 반쯤 눈을 뜨고 있어도 의식은 없어서 묻는 말에 대답하지 못했다.

마침 그때 내가 하던 일은 취재가 거의 필요 없는 무크지 집필이어서, 그렇게 고통으로 거듭 몸부림치는 입원병동의 아내님 옆에서 노트북을 앞두고 일을 했다.

불쑥 아내님의 상반신이 와이어 같은 것에 잡아끌린 듯 휙 일어나기에, 뒤에서 받쳐 주려 했더니 눈이 뒤집히며 격렬한 경련을 일으켰고 입에서는 거품이 흘러내렸다. 얼른 담당의가 조치를 취해서 가라앉았는데, 간질 발작이었다.

난 아내님의 죽음을 예감했다.

MRI에 찍힌 종양은 원래 좌우가 균등해야 할 뇌의 형태를 크게 일그러트릴 정도로 거대했고, 주치의로부터는 수술 결과 목숨을 건진다 해도 성격이 변할 수도 있다는 말을 들었다.

시시각각 다가오는 수술을, 그저 괴로움에 버둥거리는 아내님의 손만 잡고 기다리는 나날 속에서 나는 믿어 본 적 없는 신에게 기도하며 스스로를 책망하는 수밖에 없었다.

어쨌거나 살아 있어 주기만 하면 된다. 그러나 아내님의 성격이 변해 버린다는 건 무슨 말일까. 부담스럽게 느껴왔던 기행도, 칠칠치 못한 면도, 묘한 언동도, 그 모든 게 사라진다고 생각하면 절대로 잃고 싶지 않았다.

돈을 벌어 오지 않고, 집안일을 안 하고, 눈치가 없고, 가끔 상냥하지 않다. 그게 어쨌단 말인가. 나는 집안일과 결혼한 것인가, 눈치 빠른 사람이 좋은 것인가, "일 안 해도 괜찮아"라고 말해 주는 커리

어우먼을 원했던 것인가.

만약 아내님이 죽어 버리면 남은 인생을 어찌할 것인가? 재혼하나? 실질적으로 그 가능성을 따져 보고 절망했다. 있을 수 없는 일이다. 누구랑? 아내님과 닮은 사람이랑? 아니, 절망적이다. 이 세상에는 아내님을 능가하는 사람은커녕 아내님을 닮은 사람조차 없기 때문이다. 인류의 절반은 여자라지만, 적어도 내게는 아내님을 대신할 사람은 70억 인류 가운데 한 사람도 없다.

이 무슨 어처구니없는 사람을 좋아하고 만 것일까. 적어도 어디에나 있는 평범한 사람이었다면 내가 이다지도 큰 상실감에 떨 일은 없었을 텐데.

분명 가정 운영에 별로 협조적이지 않은 아내님 때문에 고생은 했지만 그 이상 나는 아내님을 의지하고 있었다. 취재 기자로서의 내 일은 아주 위험하거나 성가신 사람들을 대상으로 삼아 왔다. 하지만 아내님은 불평 한 마디 한 적이 없다. 뭐라고 말한다 해도 "무사하기만 하면 돼. 신세 진 사람에게는 제대로 감사 인사를 하고…" "누군가에게 도움이 되는 일을 하는 거잖아. 그럼 괜찮아"였다.

마음에 깊은 어둠을 품고 있는 취재 대상자를 만날 때는 그 어둠으로 끌려 들어가는 일도 가끔 있었다. 너무도 처절한 인생을 보내온 취재 대상자에게 해 줄 수 있는 게 없어서, 무력감에 휩싸여 울면서 집에 돌아와 보면 발 디딜 틈도 없는 방에서 잠방이 같은 이상한 옷한 장만 걸치고 대자로 뻗어 자고 있는 아내님. 비탄의 세계로부터

단숨에 '나의 일상'으로 끌고 돌아와 주는 것에 얼마나 감사했던가.

그런 일이 반복되자, 정신적으로 힘든 취재를 할 때는 아내님에게 동행해 달라고 부탁해서 취재하는 동안 몇 시간이나 기다리게 하는 게 나의 취재 스타일이 되어 갔다. 그러면 아내님은 아무 불평도 없이 "이런 거 여행 같아서 좋아" "기다리게 할 거면 돈을 내놔" 하고는 취재가 끝나 기진맥진한 나를 근처 수족관 등으로 끌고 돌아다니며 '힘든 취재'를 정말로 '작은 여행'으로 만들어 주었다.

아내를 돌봐왔다. 하지만 그보다 더 아내에게 기대어 살아왔다. 아내님이 죽어 버리면 이 일은 계속할 수 없다. 내가 사는 의미도, 글을 쓰는 의미도 없다.

사이즈가 이렇게까지 커졌다는 것은 상당히 오래 전부터 있었던 종양일 거라고 의사는 말했고, 뭔가 원인으로 특정할 수 있는 건 없냐고도 물었다. 한데 아내님의 불규칙한 식생활을 방치해 온 것은 나고, 내 차에는 언제나 경기용 오토바이에서 새어나오는 가솔린 냄새가 가득했다. 그게 안 좋았을 수도 있을까?

내가 했던 무언가가, 혹은 하지 않았던 무언가가 아내님의 종양에 방아쇠를 당긴 건 아닐까?

전조는 있었다. 두통을 호소하기 시작한 것은 이사 준비를 개시한 여름 무렵부터였고, 고통으로 잠을 못 자다가 발버둥 치며 일어나는 아내님을 보면 밤새 얼마나 뒤척였는지 다리가 베개 쪽에 있을 때가 종종 있었다. 아침은커녕 날이 저물 때까지 이불 속에 있으니,

대량의 짐을 포장하는 일이나 행정상의 수속까지 대부분 내가 하게 되어 호된 질책의 말을 계속해서 던졌다.

이사가 끝난 뒤에도 짐 정리나 이곳저곳을 청소하는 일 등을 도와주지 않고 그저 머리가 아프다며 자고 있는 아내님을 연신 힐책했다. 내가 만든 죽을 한 입밖에 안 먹은 채 그릇은 침실 출창에 놔두고 곧바로 화장실에서 구토. "토해서 미안해" 하며 화장실 앞 바닥에서 배를 부여잡는 아내님을, 이렇게 바쁜 와중에 또 그 위경련 발작인가 하고 차가운 눈으로 내려다봤다.

"사과할 게 아니라 몸이 안 좋으면 병원에 가면 되잖아. 데려갈 테니 데려가 달라고 말해."

말할 수 있을 리가.

눈치는 별로 없지만 '신경을 쓰는' 것은 남의 곱절인 아내님은 바쁜 듯이 업무와 이사 뒷정리를 허겁지겁 하고 있는 나에게, 정말로 한계의 한계까지 다다라도 "병원에 데려가 줘"라고 말하지 못했을 것이다.

한층 상태가 이상해져서 병원에 데려갔더니 의식불명이라는 상황. 까먹고 있었다. 아내님은 대부분의 경우 근성 없고 나약해 보이지만 그 마음의 심지는 놀랄 만큼 강해서 하지 않아도 되는 인내를, 해도 되는 우는소리를, 한계까지 자기 안에 가두어 두고 계속 참는 사람이라는 걸.

아내님은 의식을 잃은 채 침대에서 계속 몸부림치며 점점 여위어

갔고, 가끔씩 이 가느다란 몸 어디에 그런 힘이 있나 싶을 정도의 악력으로 내 손을 맞잡았다. 의식이 반쯤 깨어난 순간이 있어도 힘들어, 괴로워, 구해 줘 등 어떤 우는소리도 한 마디 없이 그저 내 손을 계속 맞잡았다.

왜 아내님의 고통은 나의 고통이 되지 않는 것일까. 맞잡은 손을 통해 종양이 내 뇌로 이동해 오면 얼마나 좋을까. 그런 생각을 하며, 결국 나는 침대 위의 아내님 곁에 앉아 있는 것 말고는 아무것도 해 주지 못했다.

지름 62mm
뇌종양 수술

긴급 입원으로부터 나흘 뒤, 몇 시간에 걸친 수술 결과 아내님의 뇌종양 적출은 성공했다. 담당의로부터 "거의 100퍼센트 절제했습니다. 적어도 목숨은 건졌다고 할 수 있어요"라는 말을 듣고 나는 집중치료실 바닥에 주저앉아 눈에서는 눈물, 코에서는 콧물, 입에서는 침… 안면에서 흘릴 수 있는 모든 액체를 질질 흘리며 일어나지 못했다.

그렇다 해도 목숨을 구한 이상 가장 큰 걱정은 직경 62mm나 되는 거대한 종양을 적출한 탓에 아내님의 성격이 변한 건 아닐지였다. 수술 다음 날 병실에 갔더니 아내님은 이미 일어나 있었고 상쾌한 표정이었다.

"아아, 죽는 줄 알았네."

대꾸할 말이 없었다.

"뭔가 이것저것 기억이 나지 않지만, 그러고 보니 꿈을 꿨어. 영화 속 실험실 같은 느낌의, 유리창 너머로 집중치료실을 관찰할 수 있는 방이 있고 내가 침대에 누워 있더라. 그런데 창문 건너편에서 수술한 선생님들이 고깔모자를 쓰고 다 같이 폭죽을 터트리면서 환호하고 열광하는 거야. 그래서 아침에 선생님한테 '환호하셨죠?' 물었더니 '환호 안 했는데요'래."

진짜로 물어본 거냐!

"근데 말이야, 내 종양 제거한 곳에 둥글게 뭉친 요미우리신문을 넣지 않았을까?"

틀림없는 아내님이었다. 그 얻기 힘든 희한한 성격은 사라지지 않았다.

밤 사이 얼굴에 수술로 인한 내출혈의 울혈이 나타나고 부어올라서 시합을 치른 권투 선수 꼴이 되었지만, 어쨌거나 아내님은 자신을 괴롭히던 두통이 사라져서 상당히 상쾌한 모양이었다. 후유증만 없으면 대부분의 뇌종양은 '종양을 제거하면 건강해진다'라고들 하는 모양이다. 하지만……

죽음을 받아들인 아내님과
　　　기적을 일으키기로 한 남편

'교아종', 뇌종양 중에서도 가장 악성도가 높은 것. 5년 생존율*
8퍼센트.

목숨을 건진 데다 그 성격도 잃지 않고 끝났다는 기쁨도 잠시.
2011년 말, 주치의에게 들은 종양의 조직검사 결과는 생각할 수 있
는 최악의 것이었다.

교아종은 종양 세포가 침윤(스며들어 퍼짐)하듯 정상적인 뇌세포
사이에서 퍼지는 데다 가장자리 부분은 MRI에도 비치지 않기 때문
에 수술로 모든 종양 세포를 적출하기 어렵고 재발률도 높았다.

● 암 진단 또는 치료 후 5년 동안 살아 있는 사람의 백분율로, 치료 후 5년 동안 생존하면 일
　단 치유된 것으로 본다.

인터넷에 당사자나 가족이 올리는 정보를 봐도 1년 남짓해 재발하여 죽었다는 글뿐이었다. "완치는 없다"라고 단언하는 무자비한 의사의 말도 드문드문 보였다.

치료 방침은 우선 표준요법으로서 종래의 치료약보다 분자가 작아 교아종에 효과가 기대된다 하여 여러 해 전에 승인을 얻은 '테모달Temodal'이라는 항암제를 복용하는 것과 수술로 적출한 종양의 가장자리 부분에 집중적으로 방사선을 쬐는 요법의 병용. 이에 더해 항암제의 효과를 높이기 위해 인터페론 링거를 병용하는 임상 시험 그룹에도 참가. 일단은 입원해서 한 달 동안 이 치료를 집중적으로 하고, 그 뒤로는 매월 5일간 집에서 항암제 복용을 이어나간다.

그런데 이 코앞에 들이닥친 현실에 대한 나와 아내님의 입장은 너무도 달랐던 것 같다.

*
**

나로 말하자면 아내님을 잃는 것만 생각했다. 혹시 재발하면 어떻게 살아갈 것인가? 살기를 포기하고 뒤를 쫓아 스스로 목숨을 끊는 것까지 생각했다. 마침내 고대하던 대자연 속의 시골 생활을 시작했는데 아내님이 없다면 넓은 집도 오토바이 창고도 아무 의미가 없었다.

나날이 변해가는 계절의 꽃들을 볼 때면 내년에 이 꽃을 함께 못 볼 수도 있다고 생각했고, 두 달에 한 번 받는 MRI 검사에서는 매번 손이 땀으로 흠뻑 젖을 정도로 긴장했으며, 무사히 '재발 징후 없음'이라는 결과로 검사가 끝나면 다음 MRI 검사 때까지의 두 달 동안이 우리 부부가 함께 지낼 수 있는 마지막 시간이라고 생각하며 매일매일 후회 없는 생활을 하자고 맹세했다.

한편 아내님은 어땠나 하면, 사는 것만 생각했다. 불안과 공포뿐인 선고를 받아도 아내님이 눈물을 흘린 적은 딱 한 번뿐이었다.

수술이 무사히 끝나고 병명을 고지받은 뒤, 항암제 치료가 시작되면 날것을 못 먹는다고 해서 우리는 이바라키현의 나카미나토로 초밥을 먹으러 갔다. 돌아오는 길에 차창으로 아름다운 겨울의 석양을 보고 아내님은 눈물을 흘렸다.

예정된 방사선 치료에서는 종양이 있었던 부분의 가장자리를 최대한 광범위하게 쬘 필요가 있어서 좌우의 시신경이 교차하는 시상하부에 닿을락 말락하는 선까지 공격하게 된다. 방사선 담당의는 이때의 폐해로서 "최악의 경우 두 눈이 실명될 수도 있다"라고 고지했다. 아내님은 사는 것만 생각하고 있었지만 석양을, 하늘을, 작은 새를 못 보게 될 수도 있다는 가능성에 딱 한 번 눈물을 흘렸다.

그 뒤 아내님은 "죽을 때는 죽는 거고, 죽지 않는 인간은 없어"라고 선언하고는 살아 있는 지금을 최대한 즐기는 모드로 훌륭히 자세를 바꾸었다. 아니, 원래 그것이야말로 아내님의 신념 그 자체지만, 인생을 즐기는 모드에 한층 박차를 가한 것이다.

그런 터프한 아내님을 잃고 싶지 않아서 나 또한 잘못된 방향으로 박차를 가했다.

＊＊

우선 아내님을 항암제 치료에 집중시키기 위해, 나는 아내님에게 "집안일은 하나도 안 해도 돼"라고 선언했다. 종래의 항암제에 비하면 압도적으로 부작용이 적다고 일컬어지는 테모달이지만, 아무래도 정상적인 세포까지 타격을 받기 때문에 면역력의 지표인 WBC(백혈구) 수치가 떨어진다. 이 수치가 일정 기준을 충족하지 않으면 항암제 치료를 계속할 수 없기에 어쨌거나 스트레스가 되는 일에서는 완전히 손을 뗐으면 했다.

동시에 역시 면역력을 강화하기 위해 세끼 식사는 '면역력을 키우는 식품 ○종'과 같은 요리책을 참고해 내가 관리했고, 식사와 기상·취침 시간을 통제하기 위해 휴대전화 타이머 기능에 '내 기상, 아내님 기상, 아침 식사, 점심 식사, 저녁 식사, 취침'으로 여러 개의 설정을 해 두는 형국이었다.

지금 생각하면 아내님에게 가장 스트레스가 없는 생활은 '편한 시간에 일어나서 편한 시간에 자는 것'이었다. 그러나 어쨌거나 매회의 혈액 검사 수치에 일희일비하고 말았던 나는, 어느 건강 정보에나 쓰여 있는 '오전 중에 햇볕을 쬔다'라는 태양 신앙 같은 것을 아내

님에게 강요했다. 아내님이 하루라도 더 살았으면 하는 마음에서 그
랬다. 건강에 좋다고 두루 인정받는 생활 습관을 따르지 않으면 뇌
종양이 재발하거나 전이되는 불운이 덮쳐 올 것만 같았다. 완전히
상실의 공포에 사로잡혀 폭주했던 것이다.

한편 아내님으로 말하자면 기가 막힐 정도로 변하지 않았다. 성
가신 나와의 생활 속에서 훌륭하게 키워 낸 압도적인 '한 귀로 듣고
흘리기 스킬'로 귀찮은 관리자인 나를 뺀질뺀질 교묘하게 피해서,
붙임성이라고는 눈을 씻고 찾아봐도 없는 동네 고양이를 '엄청 엄청
끈질기게 말을 거는' 거친 기술로 농락해 우리 집으로 마구 불러들
였다.

예의 지독한 네이밍 센스는 뇌에 직경 62mm의 대형 구멍이 뚫려
있는 주제에도 건재해서 '구린내, 꾀죄죄, 냐앙, 눈썹, 냥왕, 쫄탱이,
장순이, 엘레노어 씨, 큰 흰둥이, 중간 흰둥이, 작은 흰둥이, 더럽이,
녹슬이 씨, 아줌냥, 라떼냠, 꼬리 씨, 긴꼬리 씨, 긴꼬리링' … 어디 보
자, 또 누가 있었나요, 아내님?

"팬티도 있었지. 요즘 걔가 안 오네."

이렇게 떠올리기만 해도 진절머리가 나는 작명을 하셨다.

내가 매 차례 손이 땀으로 흠뻑 젖을 정도로 긴장해서 듣는 MRI
검사 후 문진 때도 아내님은 태연자약해서, 주치의로부터도 "환자
분은 성격이 특이해서 다행이에요(잘 투병하고 있어요)"라는 보증을
받았다. 그리고 마침내 매달 한 번 하는 항암제 치료를 2년간 완수하

고, 2017년 초봄을 기준으로 5년 생존율 8퍼센트 안에도 들었다.

그러나 유감스럽게도 그때까지 내 몸이 버텨내지 못했다. 2015년 5월 말, 나는 뇌경색을 일으켜 긴급 입원하게 되었다.

아내님을 살리고
뇌경색으로 쓰러지다

마흔한 살, 나는 뇌경색으로 쓰러졌다. 오른쪽 측두엽에 아테로마 혈전성 뇌경색 발병. 원인은 고혈압이나 동맥경화 등이라지만, 스스로를 돌아보면 이 뇌경색은 '생길 만해서 생긴' 것이었다.

아내님의 죽음을 생각하는 것은 나에게 몹시 견디기 힘든 일이었다. 당시의 나는 친구에게도 아내님 본인에게도 "얼른 죽고 싶어. 아내님보다 먼저 죽고 싶어"라고 종종 말했다. 그리고 그 죽음의 그림자에 너무나 벌벌 떨었던 나머지, 나는 거의 모든 집안일을 홀로 짊어졌다. 완전히 폭주했던 것이다.

아내님과 나는 식사 시간이 맞지 않으니 매일 여섯 끼를 만들었다. 아내님의 메뉴는 본인의 식욕을 무시하고 고단백 고미네랄 고칼로리의 면역력 증강식을 만들었다. 이에 더해 매일의 청소와 빨래와 정원 관리까지……. 아내님에게 부탁했던 것은 해마다 늘어나는 고양이를 돌보는 일과 아무래도 손을 댈 여유가 없을 때의 설거지 정도였다.

한편 일도 쌓이고 또 쌓였다. 원래 워커홀릭의 면모가 있었던 건 20대 초반 가난뱅이 시절의 트라우마 때문이었는데, 그에 박차를 가해 벌어도 벌어도, 모아도 모아도 안심하지 못하게 되었다. 유감스럽게도 30대 초반에 뇌종양으로 쓰러진 아내님은 의료보험도 생명보험도 들어 있지 않았다. 한번 뇌종양을 앓으면 그 뒤로는 신규로 보험에 가입하기가 어렵다. 그런데 교아종의 5년 생존율 8퍼센트는 5년 후 사망률 92퍼센트라고도 바꿔 말할 수 있었다. 만약 아내님이 이 92퍼센트에 들고 만다면, 돈을 아낌없이 쓰면서 최대한의 첨단 의료와 마지막을 괴롭지 않게 해 주는 완화 치료를 누리게 해 주고 싶어서 뼈를 깎듯이 일했다.

다행히도(불행히도) 원래 나는 수면 시간이 극단적으로 짧은 편이었고, 감사하게도 새 책과 만화의 원작 작업 등 새로운 일에 도전할 기회도 얻어서 일어나 있는 동안은 일로 꽉 채울 수 있었다.

그런 와중에 뇌경색으로 쓰러지기 얼마 전부터 '이제 무리인가' 하는 예감이 들기도 했다. 특히 당시 맡았던 주간 연재만화의 원작 작업은 거대한 부담이었다. 매주 출판사에 가서 다음 화의 간단한 이야기 흐름을 설명한 뒤 담당 편집자와 만화가의 요청을 듣고 그 자리에서 장면과 대사가 전부 들어 있는 시나리오를 쓴다. 다시 그

시나리오에 대해 의견을 들으며 2교, 3교 다듬어 나간다.

그런 작업은 짧아도 6시간이 걸리고, 최장 16시간까지도 계속할 때가 있어서 출판사에 틀어박혀 작업한 뒤 새벽녘에 집에 와서 앉아 쉴 틈도 없이 부엌에 서서 아내님의 아침밥을 만드는 경우가 자주 있었다. 또한 이렇게 내가 나가서 일하는 사이에 먹을 아내님의 밥 역시 도시락 통에 만들어 두고 집을 나섰으니 정말로 쉴 틈이 없었다.

한번 앉으면 못 일어날 것 같아서 앉지 못했다. 내 식사는 덮밥으로 만들어 부엌에서 선 채로 먹고 치우는 경우도 적지 않았다.

"이런 식으로 일하면 머지않아 쓰러질 것 같아."

그렇게 아내님에게 말하고, 쓰러졌을 때 연락해야 할 담당 편집자와 이어서 취재해야 할 중요한 대상을 리스트업해서 건넨 것이 쓰러지기 석 달쯤 전이었다. 리스트를 건넸을 때 아내님의 반응은 기억에 없지만, 아마도 내 본심은 이랬을 것이다.

'이제 한계야. 아내님이 오래 살았으면 해서 집안일도 돈벌이도 전부 내가 짊어졌고 또 내가 그렇게 하겠다고도 말했지만, 당신은 정말로 내가 쓰러질 때까지 그렇게 집안일도 돈벌이도 안 할 생각인 거야?'

그렇다, 깊이 생각해 보지 않아도 나의 뇌경색은 '생길 만해서 생겼다'.

오히려 그 폭주는 3년 반의 시간을 들인 자살 기도였으며, 아무리 내가 나 자신을 궁지로 몰아넣어도 '역시 아무것도 해 주지 않는' 아내님에게 신청한 '참기 경주'였다. 게다가 나 혼자서만 달리는 단독 참기 경주다.

이 얼마나 어리석은가.

이렇게 스스로를 몰아세운 결과, 죽으려면 가뿐히 죽을 수 있다고 생각했던 나는 전혀 가뿐히 죽지 못하고 뇌경색으로 쓰러졌다. 그리고 쓰러진 다음 날에는 병원 침대 곁을 지켜 주는 아내님에게 마비되어 잘 돌아가지 않는 혀로 변함없이 질책의 말을 내뱉었다.

"그거 알아? 아내님은 내가 정말로 쓰러져 버릴 때까지 아무것도 안 했어. 죽을 것 같다고 말했는데도. 아내님은 나를 죽이려고 했던 거야."

사실이 아니다. 바보인가, 나는.

살기 위해 전투태세를 갖추었던 아내님의 마음은 옆으로 제쳐 두고, 그 죽음의 가능성에 벌벌 떨면서 집안일도 돈벌이도 전부 안 해도 좋으니 살아 있어 달라고 아내님에게 선언하며 모든 것을 짊어진 사람은 다른 누구도 아닌 바로 나였다. 그것을 모른 체하고 이 무슨 말 같지도 않은 소리인가.

*
**

하지만 의사에게 고차뇌기능장애라는 진단을 받은 나는 스스로도 종잡을 수 없는 상태가 되어 큰 혼란에 빠졌다.

고차뇌기능장애는 낯선 단어인데, 쓰러진 직후의 느낌은 여하튼 '내가 나를 컨트롤 못 하겠어!'였다.

시선이 스스로 제어가 안 된다. 표정도 제어하지 못하고 말을 하려 해도 얼굴이 쭈글쭈글 오그라든다. 희로애락 온갖 감정의 기세가 맹렬해서 내 힘으로 제어할 수 없고, 조그만 일에도 고함을 지르고 싶어질 정도의 분노가 가슴 속에서 넘치며, 언제나 오열 직전처럼 감정이 휘몰아치고, 살짝 기쁜 일이 있을 때나 예쁜 것을 보기만 해도 즉시 억수 같은 눈물이 터져 나온다.

뇌가 망가져서 인격도 망가져 버린 나. 하지만 그런 내가 억누르지 못하는 감정에 바들바들 떨면서 "너 때문에 쓰러졌어" 하고 저주의 말을 퍼부어도 아내님은 반격 한 마디 하지 않고 그저 매일 병원에 와서 정해진 면회 시간을 꽉 채워 내 곁에 있어 줬다.

내가 아무리 흐트러진 모습을 보여도, 감정을 제어하지 못해 패닉을 일으켜도, 아내님은 매일 꼬박꼬박 병원에 와 줬다. 병상의 내 옆에 붙어 있고, 똑바로 걷지 못해 벽이나 단차가 있는 곳에 마구 부딪치는 내 손을 이끌며 병원 안을 걷고, 내가 쓰러지기 전과 마찬가지로 오늘은 고양이와 무슨 얘기를 했다느니 어제의 동물과 자연과학 관련 정보 사이트에 재미있는 글이 올라왔다느니 정원의 사마귀가 3령 유충이 되었다느니 두서없는 이야기를 해 주었다.

그렇게 많은 말을 하는 아내님이었지만 내 곁에 있으면서 우는소리는 한 마디도 하지 않았다. 불안하지 않았을 리가 없다. 앞으로의 돈벌이, 생활, 집의 유지. 그리고 나에게 남아 버린 후유 장애. 하지만 아내님은 우는소리 한 마디 없이 그저 "너무 애썼지. 좀 쉬자"라고 말해 줬다. 그리고 뇌경색 후 망가진 뇌가 지각하는, 자신의 몸을 남이 리모컨으로 조작하는 듯한 광기의 세계 속에서 혼란스러워하며 괴로움에 몸부림치는 내 곁에 붙어서 그저 손을 잡고 등을 계속 어루만져 줬다.

"그런데 너무 애썼던 것도 못 쉬었던 것도 아내님 때문이잖아."

그런 나의 분노는 담담하게 계속 곁에 있어 주는 아내님 앞에서 서서히 봉인되어 갔다. 긴급 입원해서 응급병동에 들어간 지 일주일밖에 안 지난 때였던가. 한밤중의 입원병동에서 나는 어떤 사실을 깨닫고 깜짝 놀랐다.

나는 아내님에게 '그런 말'을 들은 적이 한 번도 없었다.

집을 청소하고 깨끗하게 유지해 줬으면 해, 빨래를 해 줬으면 해, 맛있는 식사를 만들어 줬으면 해, 열심히 일해서 성공해 줬으면 해, 돈을 벌어 줬으면 해, 저금을 해 줬으면 해.

아무리 과거를 캐어 봐도, 단 한 마디도 아내님으로부터 그런 말을 들은 기억이 없다. 아내님이 아직 여자 친구님이었을 때 우리 집으로 들이닥쳐 동거를 밀어붙인 뒤로 실로 16년도 더 지났다. 하지만 그간의 생활 속에서 아내님으로부터 그런 종류의 요구를 들은 적은 단 한 번도 없었다.

그랬다. 아내님이 16년 동안 나에게 계속해 온 말은 일관적으로 "곁에 있어 줘" "함께 있는 시간이 더 필요해" "어디어디에 가고 싶어 (같이)"라는 부탁뿐이었다.

물론 특이한 물욕 귀신인 아내님이므로 이거 사고 싶어, 저거 사고 싶어 하며 (싸고 묘한) 물건을 사 달라고 조르는 경우는 있었지만, 적어도 내가 아내님을 '위해서' 해 왔다고 생각했던 집안일이든 돈벌이든 뭐든 아내님이 '해 줘'라고 말했던 적은 단 한 번도 없었다.

아연실색이다.

그렇다면 나는 이제까지 뭘 해 오다, 뭘 위해 애써 오다 결국 쓰러진 걸까? 아내님이 뭘 바라는지 따위는 관계없이 나 자신이 '아내님은, 우리 집은 이러는 편이 좋아'라고 생각했던 것을 하다가 멋대로 쓰러졌을 뿐이 아닌가. 반면 아내님은 늘 내가 뭘 바라는지를 생각해서 자신이 가진 능력으로 할 수 있는 최대한의 일을 해 주었다.

상대가 '하는 편이 좋다'고 나 자신이 생각하는 것을 상대를 위해서라고 강요하는 나.

상대가 '해 주기를 바라는 일'을 짐작해서 열심히 해 주는 (하지만 다소 어긋나거나 어중간하게 하는) 아내님.

과연 상대를 진짜 생각하는 사람은 누구일까? 거기까지 생각이 미친 나는 한밤중의 병실에서 억수같이 쏟아지는 눈물을 걷잡을 수 없었다.

얼마나 많은 시간이 걸렸던가. 나는 얼마나 어리석었던가. 아내님의 큰 병을 경험함으로써 내가 얼마나 아내님을 의지해 왔는지 통감했다. 아내님을 대신할 사람은 전 인류를 통틀어도 없다는 사실도 알았다. 그런 경험을 하고서도 여전히, 나는 우리 부부가 어떠해야 하는지에 대해 어중간한 지점까지만 도달해 있었던 것이다.

부부가 함께 살 수 있는 하루하루에 감사하며 살아가고 싶다고 그렇게나 생각하면서도 나는 볼썽사나울 정도로 아내님을 짊어졌고, 스스로 짊어졌는데도 견디지 못하고 여전한 잔소리로 아내님을 부정했다. 그리고 아내님도 의도한 일은 아니었을지언정 변함없이 나에게 계속 부담을 줬다.

우리가 이렇게 서로에게 상처 주지 않고 살아가기 위해 먼저 변해야 할 사람은 아내님이 아니라 나였다. 다시금 크게 참회했다.

맙소사,
　　　　동전을 셀 수 없어!

　　간신히 깨달음에 이르러 다시 위치를 확정했다. 나는 아내님을 돌보고 있는 것 같지만 실은 의지하고 있었다. 그리고 나는 뇌경색을 거쳐 고차뇌기능장애를 앓게 되었고, 마침내 아내님의 뒷받침 없이는 살아가지 못하게 되고 말았다. 그렇다면 어쩌나. 아무리 깨달았다 한들 현실은 냉혹하다.

　　왜냐하면 아내님은 성인 발달장애 당사자. 나의 가장 큰 지원자이긴 해도 구체적인 가정의 운영과 유지, 수입면에서의 지원을 통째로 맡아 주기를 기대할 수는 없었다. 아내님이 그래도 좋다고 말한다 해도 나는 돼지우리에서는 살기 싫고, 매일 편의점 도시락을 먹으면 둘 다 병이 재발할 수도 있으며, 무엇보다 나도 다시 일에 복귀해 소득을 얻어야만 했다. 아내님이 바라지 않더라도 내가 어느 정도의 생활환경을 유지하지 않으면 또다시 스트레스로 인해 다른 병이 생길지도 몰랐다.

그러면 정말로 어떻게 하면 좋을까?

✶✶

이런 일이 있었다. 긴급 입원으로부터 열흘쯤 뒤의 일이다. 다행히 보행 기능은 잃지 않았던 나는 입원병동의 매점에서 커피와 박하향 캔디를 사려고 했던 것 같다. 머리가 멍해서 모든 생각에 시간이 걸렸고, 세계와 나 사이에 두꺼운 막이 있는 듯한 거센 위화감에 휩싸여서 어쨌거나 자극적인 것을 원했다.

일그러지는 시야에 당황하면서도 어떻게든 목표한 상품을 집어 들어 계산대에 줄을 섰고, 앞 사람의 계산이 끝난 다음은 내 차례. 그때 나는 패닉에 빠지고 말았다.

내가 계산대 앞에서 해야 할 일은 간단했다. 우선 상품을 계산대 점원에게 건네고, 지불할 금액을 듣고, 그에 맞춰 동전을 주머니에서 꺼낸다. 계산을 마친 후 거스름돈이 있다면 그것을 받아 주머니에 넣고 상품을 받아 매점에서 나온다. 그뿐인데도 나는 계산대 앞에서 얼어붙어 버렸다.

상품은 오른손에 들고 있었다. 돈은 바지 오른쪽 주머니에 있다. 그렇다면 나는 먼저 오른손의 상품을 계산대 위에 올려 두어야 하는

데도, 어째서인지 그게 안 돼서 '왼손으로 오른쪽 주머니의 돈을 꺼내려고' 해 버렸다.

몸을 비틀어서 자세가 이상해졌고, 왼손에는 마비가 꽤 남아 있어서 돈을 꺼내지 못했으며, 애초에 내 왼손은 오른쪽 주머니에 닿을 정도로 길지 않았다.

어쩌지. 나는 짧은 왼손을 필사적으로 뻗어 오른쪽 주머니의 입구 부근을 필사적으로 더듬었다. 하지만 손가락은 닿지 않았다.

점원은 가만히 나의 움직임을 기다리고 있었다. '얼른 해.' 그런 말은 한 마디도 듣지 않았는데 들은 듯한 기분이 들었다. 뒤에 다른 손님이 또 줄을 섰다. 어쩌지. 초조함이 마음속에서 부풀어 올라 숨이 막혔다.

어떻게든 지혜를 쥐어 짜내어 상품을 계산대 위에 두고 오른손으로 주머니에서 돈을 꺼냈다. 그런데 이번에는 잔돈을 세려고 하는데 그 동작을 할 수 없었다.

어라, 얼마라고 했더라? 눈앞의 계산대 모니터에 떠 있는 금액은 내가 고른 상품의 금액일까? 알 수가 없어서 마비되어 잘 돌아가지 않는 혀로 점원에게 물었다.

"……어……어마……에어?"

"삼백구십이엔입니다."

평범한 대답일 텐데 그 말은 너무도 알아듣기 힘든 빠른 말투로 느껴졌다. 심술궂은 직원이다. 좀 더 천천히, 알아듣기 쉽게 말해 주면 좋을 텐데. 들은 금액을 즉시 모니터의 금액과 비교해 봤더니 똑같다. 모니터에도 392엔.

자, 돈을 내자. 주머니에서 꺼낸 오른손의 동전을 셌다. 100엔짜리 동전을 하나, 둘, 어? 물건값이 얼마였더라?

모니터를 다시 확인한다. 392엔.

확인하고 눈을 뗀 뒤 다시 오른손의 동전을 보며 100엔짜리를 하나, 둘, 셋…… 어? 물건값이 얼마였더라?

모니터에서 눈을 떼자 동전을 세는 사이에 금액이 얼마였는지 모르게 되었다. 300엔까지는 어떻게든 계산대에 내밀었고, 이번에는 10엔짜리를 하나, 둘, 셋, 넷, 다섯…… 어라, 방금 몇 개까지 셌더라? 아니, 애초에 물건값이 얼마였더라?

경험한 적 없는 머리의 혼란에 사고가 멈췄다. 왜 이런 게 안 될까? 아아, 점원도 다른 손님도 기다리고 있다. 초조함이 흘러넘쳐 이마와 등에서 땀이 줄줄 났다.

필사적으로 다시 한번 동전을 세려고 했더니 뒤에서 문병객 아이가 내지르는 소리가 들려서 또 몇 개까지 셌는지, 내야 할 총액이 얼마인지 모르게 되었다. 이대로 "필요 없어요" 하면서 병실로 달아나고 싶었다. 아니면 고함을 치면서 날뛰거나.

어쩌지, 어쩌지, 어쩌지.

끄아아아아아아아아아!!(마음속 절규)

'천 엔짜리 지폐를 내는' 초필살기로 어찌어찌 계산을 완수한 나는 좌절감과 비참함과 절망감과 묘한 '기시감'을 느끼며 동전으로 불룩해진 주머니와 함께 병실에 돌아왔다. 그리고 문병하러 온 아내님에게 잘 돌아가지 않는 입으로 이렇게 보고했다.

"아내님, 아까 매점 계산대에서…… 진짜 어이없었어. 나, 동전을 못 세. 큰일이야."

"지폐로 냈으면 됐어. 나도 당황하면 자주 그렇게 하는데?"

그런가, 그래서 네 녀석에게 지갑을 건네면 동전으로 터질 듯이 빵빵해져서 돌아오는 거였니.

"그야 그렇지만. 근데 나, 이거 뭔지 알아. 내가 취재해 온 사람들 중에는 우울증이나 공황장애를 앓는 멘헤라가 많았잖아. 발달장애가 있는 사람도 많았고. 계산대에서 패닉에 빠져서 내 앞에서 눈물을 터트리는 사람도 있었고, 편의점에서 점원에게 고함을 지르는 사람도 있었어. 동전을 못 세게 된 자기 자신에게 절망했다는 얘기, 지금껏 몇 번이나 들었어."(슬슬 흥분)

"다이스케, 천천히."

"천천히 하면 계산대 점원이 기다리잖아."

"그게 아니라 천천히 얘기하라고."

감정을 억제할 수 없고, 혀도 잘 돌아가지 않는 주제에 빠른 말투로 웅얼웅얼 더듬으며 말하는 나를 제어하는 아내님. 하지만 이 솟구치는 감정과 말 또한 기시감이 느껴졌다.

"아내님, 말을 멈출 수가 없어. 생각한 게 전부 입 밖으로 나와서 질식할 것 같아. 잘 얘기할 수 없는데도 멈춰지지가 않아서 엄청 괴로워. 근데 이런 식으로 말하는 사람들도 취재하면서 많이 봤어. 대체로 분위기 파악을 못 한다며 따돌림당하고 있었지. 왜 있잖아, 오타쿠나 반갸루 중에 자기 얘기를 멈추지 못해서 심하게 겉도는 애. 지금 내가 되게 그런 느낌이야. 아내님도 옛날 애니메이션 얘기 같은 거 하면 그런 기괴한 느낌을 풍길 때가 있잖아."

"네, 네, 알겠으니까 기괴하다고 하지 마, 바보야."

영문을 알 수 없는 흥분 상태인 나를 달랜 뒤 아내님은 이렇게 말했다.

"이제야 내(우리) 기분을 알겠어?"

이제야 아내님이
　　　이상한 이유를 알겠네요

　이것이 발견과 고찰의 입구였다.

　뇌경색 이후의 내게는 수많은 고차뇌기능장애의 증세 중에서도
사고 속도 저하와 작업기억 저하 그리고 주의력장애와 수행기능장
애, 감정 억제 곤란 등의 문제가 남았다. 내가 계산대에서 패닉에 빠
진 이유는 일의 순서를 생각하지 못하게 되는 수행기능장애와 뇌의
정보 처리나 사고에 필요한 기능인 '워킹 메모리(작업기억)'의 급작
스러운 저하 때문이었다. 하지만 그런 풍경은 내가 그때까지의 취재
활동 속에서, 그리고 아내님과의 생활 속에서 몇 번이나 봐 왔던 것
이었다.

　원인이 뇌경색이든 뇌의 외상이든, 우울증이든 그 외의 정신질환
이든 발달장애든, '뇌의 문제로 인한 장애를 가진 사람'이 무언가를

하지 못하게 될 때의 부자유한 감각과 그들이 품고 있는 괴로움은 공통적이다.

고차뇌기능장애란 주로 뇌의 외상이나 뇌졸중 등의 원인으로 인해 뇌의 고차뇌기능, 즉 기억이나 인지판단기능을 잃는 것을 가리킨다. 반면 발달장애란 태어날 때부터 이 고차뇌기능에 문제가 있거나 어느 시점부터 발달하지 않는 장애를 뜻한다. 요컨대 선천적 장애인가 후천적 장애인가의 차이는 있을지언정, 기본적으로 고차뇌기능장애와 발달장애는 같은 것이라 해도 과언이 아니다.

과연 어떨까. 아내님은 선천적으로 어린 시절부터 주의력결핍장애와 수행기능장애 등 발달면에서 크고 작은 문제를 껴안고 자라왔고, 그것은 성인이 되어서도 개선되지 않았다. 그리고 나는 뇌경색을 앓음으로써 후천적으로 고차뇌기능을 조금 잃었다.

다시 말해 뇌경색으로 쓰러짐으로써, 나는 아내님과 같은 당사자 감각을 얻은 셈이었다.

*
**

그럼 만화책을 못 읽게 된(방금 읽은 칸 다음에 어느 칸을 읽어야 할지 모른다) 것은 어째서일까? 무언가 주의를 빼앗는 것에 시선이 고정되면 좀체 눈을 돌리지 못하고 응시하게 되는 건 어째서일까? 남과 시선을 잘 맞추고 대화하지 못하는 건 어째서일까? 밖을 걸으면 경

치나 감정이 마음속을 가득 채워서 숨이 막혀 못 걷게 되는 건 어째
서일까?

내가 겪게 된 갖가지 부자유가 그때까지의 취재 대상자들이, 그
리고 아내님이 품어 온 괴로움에 대한 이해로 이어졌다.

아아, 이제야 몸소 이해했다. 단순히 부자연스러운 느낌을 풍기는
것이나 만사에 서투른 것, 분위기 파악을 못 하는 것, 입을 꾹 다물거
나 느닷없이 울음을 터트리는 것, 그런 당사자의 행동 이면에는 이
런 괴로움이 있었던 것이다. 부자유함과 괴로움이 같다는 사실을 나
는 알지 못했다.

"이제야 내 기분을 알겠어?"

"알겠지만 이건 좀 너무 괴로운걸."

그러나 왜 괴로운지, 왜 못 하는지를 알면 어떻게 하면 편해지는
지, 어떻게 하면 할 수 있게 되는지도 안다.

발달장애 아내와 고차뇌기능장애 남편. 서로의 장애를 바라보며,
우리 집의 대개혁이 시작되었다.

제4장

발달장애 아내님과 뇌경색 남편의 2인 3각 달리기

뇌가 고장 난 나,
집으로 돌아가는 게 무서워요

　발병 전이라면 당연히 할 수 있었을 일에 날마다 좌절해서 풀 죽는 것이 고차뇌기능장애다. 그런데 매일 나의 부자유나 실패에 대해 아내님에게 말하면 "나도 그랬어!" 하며, 함께 걸어온 15년 이상의 세월 속에서 한 번도 들어본 적 없는 에피소드를 줄줄이 들려주었다.

　"초등학교 저학년 때, 나도 만화책의 칸이 다음에 어느 칸으로 이어지는지 몰랐어."

　"부모님이나 선생님한테 ○○○ 하라는 말을 듣고 머릿속으로 몇 번이나 되뇌어도 뭐라고 했는지 금세 알 수 없어져서, 나중에 '왜 안했니? 말했잖아' 하고 항상 혼났어."

　"'넌 남의 말이 오른쪽 귀로 들어갔다가 왼쪽 귀로 빠져나온다'라고 해서 왼쪽 귓구멍을 틀어막고 있었어.”

지금이라면 당신을 너무 잘 알겠어, 아내님. 고차뇌기능장애 만세! 이렇게 날마다 발견과 고찰이 거듭되었다고 하면 엄청나게 긍정적인 느낌을 풍기지만 실제로는 괴롭고 고통스러워서 마음과 뇌가 터져버릴 것 같았고, 나 스스로가 어떻게 하면 편해질지를 콧물을 흘리며 필사적으로 생각했다. 그리고 그런 식으로 무슨 일이 있을 때마다 내가 좌절해서 헉헉대거나 와들와들 떨며 멈춰 서 있는 것을 느끼면 아내님은 반드시 이렇게 말해 줬다.

“다이스케. 침착해~ 하늘 봐~ 자, 구름 봐~ 예뻐~”

“괴로워. 그리고 미안해. 나, 아내님이 이런 식으로 괴로워했을 때 그걸 그냥 이해하는 척했던 거였어.”

괴로움, 비참함, 미안함과 억제가 안 되는 감정에 목소리가 떨리고 눈물이 흘러넘쳤다. 그런 나의 등을 어루만지며 아내님은 말을 이었다.

“됐으니까 자, 구름 좀 봐. 진짜 예뻐.”

“고마워. 미안. 하지만 하늘을 봐도 나, 돈을 못 버는걸.”

“무리하게 애쓰면 오히려 안 좋아져. 지금은 쉴 시기잖아.”

“쉬고 있으면 돈을 못 벌어. 생활비는 어떡해. 아내님은 일 안 할 거잖아?”

“시끄러워. 됐으니까 구름 좀 보라니까. 구름은 똑같은 모양으로는 두 번 다시 볼 수 없어. 지금의 구름, 오늘의 구름은 평생 오늘밖에 못 보는 거야. 바로 지금 시간 한정 상영, 싸다 싸~"

으으으으으. 너는 강매꾼 아저씨냐! 그 억지에 져서 하늘을 보면 칙칙한 병원 건물 뒤로 펼쳐진 말간 노을빛 하늘의 그러데이션. 아아, 내가 이제까지 보지 않았던 하늘이다. 이런 하늘을 아내님은 매일 올려다봤다고 생각하면, 그런 아내님을 나는 전혀 봐 오지 않았다고 생각하면 가슴이 메었다.

덕분에 병을 앓은 뒤의 내 태블릿과 디지털 카메라는 석양에 물드는 구름이나 푸른 하늘 속에서 미세한 빛깔의 표정을 보여 주는 구름 사진 컬렉션으로 가득 차게 되었다. 덧붙여 아내님의 조언을 번역하자면 '땅에 있는 것만 보면 정보량이 너무 많아서 패닉에 빠지니까 하늘을 보고 한 차례 뇌 속의 정보를 비우자'라는 뜻이다.

왠지 땅 위와 코앞의 업무와 현실의 생활만 보아 온 내가 번역하니 곧바로 시시해지는 것 같지만, 그것이 숱한 문제를 떠안고 있는 아내님이 살아가기 위해 필요했던 자세였겠지.

"고마워, 아내님! 확실히 구름을 보고 있으면 마음이 편해지네. 그렇지만 역시 구름을 봐도 그게 돈벌이는 안 되고, 집안일도 그대로 쌓여 있는걸."

"그.렇.군.요."(로봇 억양)

자기한테 불리한 얘기가 나오면 늘 대답이 로봇 같아지는 아내님. 고마워. 그래도 정말이지 진지하게 생각하지 않으면 큰일 나. 또 한 번 뇌경색을 앓을지도 몰라, 난.

　그렇다. 확실히 나는 고차뇌기능장애를 앓음으로써 아내님의 마음을 조금 알게 되었다. 하지만 입원 중에 일시 귀가했을 때는 이런 사건도 있었다.

　몸의 마비는 비교적 가벼웠던 나는 50일 남짓해서 퇴원하게 되었는데, 그에 앞서 1박 2일 일정으로 잠깐 집에 다녀왔다. 장마가 걷혀 습도와 무더위로 불쾌한 날이었다. 그날 나는 오랜만에 우리 집 거실에 들어서자마자, 집 안의 심각한 카오스 상태에 패닉을 일으켜 주저앉은 채 한 걸음도 걷지 못하게 되었다.

　높은 습도에 바닥에도 테이블에도 달라붙는 고양이 털. 다이닝룸의 바닥은 온갖 물건으로 가득 차서 문자 그대로 발 디딜 틈이 없었다. 고차뇌기능장애를 앓은 나는 주의력장애의 영향으로 바닥에 어질러진 그 모든 물건으로부터 눈을 뗄 수 없었고, 수행기능장애로 인해 뭘 어디서부터 치워야 할지 자력으로 생각할 수도 없어서 패닉에 빠진 것이었다.

　물론 이 카오스가 원래 정리를 못 하는 아내님이 매일 병원에 있는 나를 찾아와 뒷바라지해 준 결과이기도 하다는 건 안다. 하지만 으으…… 어떻게 하면 좋을까. 물건의 엄청난 물량에 혼란을 일으켜 마음이 질식할 것 같았다. 편하게 이 상황에서 빠져나가고 싶다면 다이닝룸의 바깥으로 이어진 창을 열고 바닥에 어질러진 물건을 닥치는 대로 정원으로 내던지는 게 최선의 방법. 하지만 그런 짓을 하면 아내님은 분노에 찰 테고, 무엇보다 상처를 받을 것이다.

청소보다 훨씬 힘든 부부의 관계 회복이라는 업무가 생겨 버릴 수도 있었다.

결국 그날 나는 몇 분 정도 헉헉거리며 움직일 수 없었고, 눈을 감고 어떻게든 기력을 쥐어 짜내어 일단 주저앉은 채 손이 닿는 범위 안의 물건부터 쓰레기와 중요한 것을 구분하는 작업을 시작했다. 서서히 발 디딜 곳을 넓혀서 알코올로 바닥을 닦으며, 결국 모처럼의 일시 귀가에서 2시간 이상을 청소로 허비해 버렸다.

참고로 그 사이 아내님이 뭘 하고 있었는지는 기억이 없다. 지금 본인에게 물어봐도 "나도 기억이 안 나네. 여유가 전혀 없었으니까"라고 한다.

실제로 둘 다 여유가 없었던 거라고 생각한다. 그래서 어떻게든 다이닝룸을 사람이(내가) 생활할 수 있는 공간으로 만들었지만, 그 뒤에 혈압을 쟀더니 이번에는 뇌경색이 아니라 지주막하출혈을 일으킬 정도의 수치가 나오고 말았다.

이건 안 된다. 역시 우리 집은 이대로는 무리다. 지금까지처럼 모든 집안일과 돈벌이를 혼자서 짊어지면 다시 자폭의 길을 걷는 셈이다. 내가 장애를 얻어서 혼자 할 수 있는 일이 줄어든 이상 퇴원해서 일상생활로 돌아가는 데는 아내님의 협력이 필요했다.

으으으, 그러면 어쩌지. 그렇게 고민하는 나를 이끌어 준 사람은 재활병동에서 나를 담당했던 젊은 여성 언어치료사였다.

환자분에게 필요한 건
로봇청소기입니다

"도와주세요, 선생님. 일시 귀가했더니 집이 엉망진창으로 어질러져 있는데, 어떻게 청소하면 될지 몰라 죽을 지경이었어요. 이대로라면 전 혈압이 올라서 재발할 거예요."

울먹이며 상담했더니 그 작은 몸집의 상냥한 여성 치료사는 미소를 지으며 이렇게 대답했다.

"곤란하셨겠네요. 그런 스즈키 씨에게는 퇴원과 그 후의 생활을 위해 환경 조정이 필요하겠군요."

"환겨엉조오저엉이 뭔가요? 에어커언 같은 거 말인가요?"

"단호하게 말하자면 스즈키 씨는 집안일의 퀄리티에 너무 집착해요. 또 떠안고 있는 게 너무 많고요. 우선은 전기밥솥이랑 룸바(로봇청소기)라도 사면 어떨까요?"

기혼이라는 선생님은 완벽하게 내가 품은 문제의 본질을 알아차리고 정곡을 찔렀다. 하지만 룸바라고? 어이가 없네! 나태함의 상징이잖아! 자본주의의 돼지잖아!

실은 이건 농담이 아니라 반쯤 진심이었다. 그렇다. 나는 아내님의 투병 뒷바라지로 하루 여섯 끼를 만들면서도 "시골에 살면서 그 지역의 맛있는 쌀로(지바 현의 쌀은 감동적으로 맛있답니다) 보온밥솥에 밥을 짓는 건 아깝잖아" 하며 밥은 뚝배기로 지었다. 또한 요리 솜씨가 떨어진다는 이유로 전자레인지조차 거부했던 것을 아내님의 간절한 요청으로 겨우 샀고, '여름에 더우면 샤워하고 선풍기 바람 쐬면 된다'라는 생각으로 단독주택을 산 뒤에도 에어컨조차 달지 않았다.

즉 '물건에 의지하여 내 시간을 만드는' 일을 일절 하지 않았던 것이다. 그런 나에게 룸바 따위, 당치도 않다. 빗자루랑 쓰레받기를 깔보지 마! 그런 이야기를 하자 선생님은 놀라서 눈을 동그랗게 떴다.

"하지만 스즈키 씨. 그렇게 살아온 결과 마흔한 살에 뇌경색으로 쓰러졌지요. 외벌이에 아내가 집안일을 안 해서 '바쁘다, 바빠' 하다가 픽 쓰러졌던 모양인데요, 그렇게 자신의 시간을 갉아먹어 온 것은 스즈키 씨 본인 아닌가요?"

이 짧은 파마머리의 귀여운 선생님이 《웃는 세일즈맨》*의 모구로 후쿠조처럼 "쾅!" 하는 소리를 했다.

너무도 날카로운 지적에 어질어질했지만 반격할 수 없었다. 실제로 나는 뇌경색으로 죽을 뻔했던 것이다. 그에 비하면 고작 룸바, 질러 버리자.

이리하여 병실로 가져왔던 노트북으로 아마존에 접속, 룸바를 클릭. 떨리는 손으로 질렀다. 2015년 7월 14일 오후, 룸바871 일본 정규모델 52,500엔, 익일 특급 배송이라서 택배 아저씨 죄송합니다. 심각한 주의력장애로 쓸데없는 부분의 기억만 두드러져 있던 상태였기에 이런 기억은 터무니없이 자잘한 것까지 선명하다. 그리고 선생님에게 보고했다.

"선생님~ 저 룸바 샀어요! 질렀어요!"

"오케이, 루크. 벽을 넘었도다. 물건에 의지하는 법을 익혔다면 다음 단계는 사람에게 의지하는 것이다. 다음 시련은 아내님에게 집안일을 부탁하고, 한번 부탁했다면 그 집안일의 완성도에 대해 불만도 지적도 일절 하지 말 것. 포스가 함께하기를."

"하지만 사부님. 오후까지 자고 있는 녀석에게 오전의 집안일은 부탁할 수 없어요. 또 아내님은 밥을 해 달라고 하면 볶음은 푸석해질 때까지 볶고요, '소금 후추 약간'의 약간이 어느 정도인지도 모르는 데다 간장 1큰술 반이라고 하면 진지하게 계량스푼을 쓴단 말예요. 간장 1큰술 반을 계량하는 데 큰 숟가락을 찾는 것부터 시작해서

● 일본의 블랙유머 만화. 수수께끼의 세일즈맨 모구로 후쿠조는 외로운 '손님'의 마음을 채우는 서비스를 제공하고, 그 손님이 약속을 깨거나 새로운 서비스를 요구하면 "쾅!" 외치며 그를 파멸로 몰고 간다.

1분 가까이 걸리는 사람이에요. 그 사이에 요리는 타 버리고요. 청소기 좀 돌리라고 하면 바닥의 방석을 안 치우고 돌려요. 식탁을 닦으라고 하면 수건을 꿰매서 행주로 만드는 것부터……."

"닥쳐라, 애송이. 부탁하는 쪽 인간이 불평하지 마라."

네, 닥치겠습니다.

아니, 뇌경색을 앓기 전이었다면 나는 닥치지 않았을 것이다. 하지만 나는 변해야만 했다. 내가 변하지 않아서 아내님의 협력을 못 구한다면 나는 또다시 뇌경색으로 쓰러져 더더욱 괴로운 상황에 처할지도 몰랐다. 그리고 뇌경색으로 쓰러진 나를 필사적으로 보살펴 주려고 하는 매일매일의 아내님을 보면서 나는 중대한 발견을 했다. 아내님은 내가 뭘 바라는지 늘 생각해서, 여러모로 부족한 부분은 있지만 '자신의 능력으로 할 수 있는 최대한'을 해 주려고 노력해 왔다. 반면 내가 해 온 건 '내가 좋다고 생각하는 것'이었다. 매일매일 의지하며 지내는 가운데 아내님과 나는 상냥함의 질이 완전히 다르다는 것을 뼈저리게 깨달았다.

그 발견을 뼈대로 고찰했더니 근원적인 물음에 이르게 되었다.

'무엇을 위해 집안일이 필요한가? 나는 뭘 위해 집안일을 해 온 것인가?'

한 번도 생각한 적 없던 그 물음을 내 안에서 깊게 파고들어 봤다.

대답은 이렇다.

아내님은 깨끗한 집 같은 건 바라지 않는다. 손님을 초대할 때 깨끗하게 정리된 집을 보여 주고 싶다는 허세도 없다. 아내님은 햇볕 냄새가 나는 옷을 바라지 않는다. 빨지 않고 구멍 난 옷을 몇 년씩이나 입어도 살짝 부끄러운 정도다.

세끼 식사도 영양소 균형을 맞춘 맛있는 것을 먹고 싶다고는 생각하지 않는다. 원래 먹는 것에 흥미가 없고, 뜨거운 것을 잘 못 먹는 탓에 갓 지은 밥과 국도 필요 없다. 오히려 조금 식어 있는 편이 더 좋은 모양이다.

아내님은 돈에도 실은 별로 흥미가 없다. 일을 안 하니 지갑 속은 늘 중학생처럼 텅 비어 있고, 업무상의 외출 등으로 데리고 나가면 외근지에서 헤어질 때 자신의 지갑에 항상 숨겨 두는 '돈 줘'라고 적힌 가네곤(쓰부라야 프로덕션에서 만든 <울트라맨 시리즈> 속 괴수) 스티커를 가만히 내미는데, 5천 엔만 쥐어 주면 한나절 쇼핑하거나 차를 마시고 남은 돈은 돌려준다.

그렇다면 내가 쫓겨 온 집안일과 돈벌이는 무엇을 위한 것이었을까? 그것은 전부 내가 원한 것. 그야말로 '내가 그렇게 하는 편이 좋아서' 해 온 것일 뿐, 아내님이 바란 것이 아니었다.

언어치료사 선생님이 했던 "부탁하는 쪽이"라는 말이 다시 떠올랐다.

나는 아내님에게 집안일을 부탁할 때 진심으로 '부탁한다'고 생각한 적이 있을까? 떳떳하지 않다. 집안일은 하는 게 당연하다고 생각했고, 해 줘서 고맙다는 마음이 실제로는 없었으므로 완성도에 불평을 늘어놓으며 "이거라면 안 한 거나 마찬가지야" 하고 아내님을 힐책할 수 있었던 게 아닐까. 만약 가정 운영에 있어서 부부가 정말로 평등하다면, 집안일이 필요하다고 생각하는 쪽이 그렇지 않은 쪽에게 '부탁해서 도움을 받는' 것이 올바른 역학이다.

✱✱

이것은 나에게 천지가 뒤바뀔 정도로 큰 깨달음이었다. 하지만 병을 앓은 뒤 여러 사람에게 설명했으나 딱히 확 와닿아 하지 않는 것 같아서 예시를 들어보겠다.

가령 어느 부부 중 아내가 자동차를 한 번이라도 타면 '반드시 손 세차하는' 사람이라고 치자. 아내에게 그것은 상식이다. 왜냐하면 그녀가 자라 온 가정에서도, 지역 사회에서도, 친구들도, 모든 사람이 차를 탈 때마다 일일이 손세차를 하기 때문이다. 그럼 그런 사람과 결혼해서 가정을 꾸렸을 때, 아내가 그 세차 규칙을 주장하며 물러서지 않는다면 남편으로서 어떨까?

딱히 매번 세차하지 않아도 차는 망가지지 않고, 한겨울에는 손 세차가 아니라 세차장의 자동 세차 기계에 넣는 것이 합리적이므로 어째서 그런 규칙이 있는지 남편은 이해를 못 할 것이다. 하지만 아내는 남편이 차를 쓰고 세차를 안 하면 구시렁구시렁 설교를 하고, 마지못해 세차를 했을 때도 "왜 보닛 뒤까지 닦지 않는 거야? 이래서야 세차한 의미가 없어" 하고 힐책한다.

으악, 못 참겠다! 그런 소리를 들을 바에는 세차 따윈 이제 안 할래요! 아니, 차를 타는 것도 싫어요!

이 남편에게 동정이 가지 않는가. 한데 극단적인 예시는 아니다. 이것은 우리 부부의 관계와 그 어떤 차이도 없다. 부모에게서도 결혼한 나에게서도 호되게 질책당해 "그럼 이제 됐어. 청소 따위 이제 안 해" 하고 보이콧해 온 아내님과 이 세차 트라우마 남편은 같은 입장이다. 많은 부부가 껴안고 있는 집안일 균형 문제의 근저에는 이와 같은 몰이해와 억지가 숨어 있다.

본인의 생활에서 무엇을 중시할지는 저마다 다르겠지만, 아내님이 큰 병으로 쓰러졌을 때 내가 '나는 집안일과 결혼한 게 아니야' 하고 후회했듯 사람의 매력은 그런 습관이나 취향에 있지 않다.

내가 퇴원하고 집으로 돌아오자 아내님은 판다가 그려진 WWF(세계자연기금)의 기부 스티커로 온 집 안의 가전제품을 도배해 두었다.

"왜 이렇게 한 거야?" 물었더니,

"다이스케가 유아기로 퇴행하고 있고, 계속 괴로운 얼굴이니까 적어도 집 안을 즐거운 분위기로 만들어 주고 싶었어"라고 했다.

즐거운 느낌(?)인 건 뭐, 인정하지만 스티커가 색이 바랬을 때 접착면에 달라붙은 끈적끈적한 걸 제거하는 사람은 나인데…… 생각하면서도, 왠지 좀 기뻐서 눈물을 글썽였다. 병에 걸리기 전의 나였다면 "배려는 기쁘지만 부엌의 그릇들을 잠자코 설거지해 주는 편이 더 좋아"라는 식으로 쓸데없는 말을 했을 것이다.

　겨우 여기에 이르렀다. 정해졌다. 우리 집 개혁의 초석이 될 대전제, 나라로 치면 헌법.

- 제1조, 그 집안일은 누가 원한 것인지를 생각한다.
- 제2조, 원래 그 집안일을 해야 할 사람은 그것이 필요하다고 생각하는 쪽이라는 것을 안다.
- 제3조, 그 집안일이 필요하다고 생각하는 쪽이 필요하지 않다고 생각하는 쪽에게 집안일을 부탁하는 행위는, 의뢰를 넘어선 '부탁'이어야 한다.
- 제3조 2항, 상대가 필요하지 않다고 생각하는 작업을 부탁해서 하게 하는 이상, 그 완성도에 불평을 해서는 안 된다.

　우리 집 개혁을 위한 골자가 드디어 정해졌다.

서로 양보할 수 없는 것
거래하기

아내님에게 집안일의 대부분은 굳이 하지 않아도 될 일. 그 집안일을 내가 일방적으로 필요하다고 주장한다면, 그것은 내가 '부탁해서 도움을 받는, 상대가 해 주는' 것이다.

물론 이 생각이 내 안에 순조롭게 침투한 것은 아니었다. '집안일은 하는 게 당연하지'라는, 나에게 물들어 있던 가치관을 떨쳐내지 못한 동안에는 아무래도 억지스러움을 함께 느꼈던 것 같다.

퇴원하고 가정으로 복귀할 때 그 언어치료사로부터 또 하나의 조언을 얻었다.

"부부가 서로 상대에게 딱 하나, 양보할 수 없는 것을 주장해서 교환하세요."

물론 교환이라 함은 이 '양보할 수 없는 것'을 서로가 하나씩 수용하고, 허용하고, 그에 대해 불평을 하지 말라는 뜻이다.

　자, 과연 무엇일까. 내가 아무래도 양보할 수 없는 것…… 곰곰이 생각해서 내가 먼저 입을 뗐다.

　"내가 가장 양보할 수 없는 것은 아침에 다이닝룸 바닥이랑 책상 위를 아무것도 없는 상태로 만들어 줬으면 하는 것. 모처럼 룸바를 샀으니까 전원을 켜는 것으로만 청소가 시작되었으면 해."

　그렇다. 그것은 아내님이 나의 집으로 가출하고부터 17년에 걸쳐 계속된, 아침에 일어나면 바닥에 떨어져 있는 아내님의 물건부터 주워야 하는 스트레스 가득한 일과를 더 이상 견딜 수 없다는 주장이었다.

　이에 대해 아내님은 이렇게 말했다.

　"그럼 난 자는 시간과 일어나는 시간에 대해 아무 지적도 하지 말아 줬으면 해. 노 자명종, 노 불평."

　와, 그곳을 공격하나요. 서로의 머리 위에 '그게 그렇게까지 중요한 거야?'라는 물음표가 떠오른 듯한 기분도 들었지만 그때까지의 기나긴 결혼 생활을 생각하면 아내님이 자기 전에 다이닝룸을 정리하는 것도, 아내님의 올빼미 생활에 내가 잔소리를 하지 않는 것도 상당히 어려운 일. 결코 불평등 조약은 아니었다.

　물론 마음속 깊은 곳에는 '그렇다 해도 오전 중에 일어나지 않으면 결국 빨래는 내가 하게 되는데……' 하는 응어리의 뿌리는 끈질기게 남아 있었지만, 그런 불평은 입원과 퇴원을 거치며 나날이 부풀어 오르는 아내님에 대한 감사의 마음으로 점점 봉인되었다.

좌우간 뇌경색으로 인해 고차뇌기능장애를 앓게 된 나는 내 힘으로 못 하는 일이 엄청나게 많아졌다. 감정을 억제할 수 없고, 무슨 일이 있을 때마다 가슴이 메어 어린애처럼 오열하거나 패닉에 빠지며 숨이 끊어질 듯 괴로워하는 상태가 되어 버렸다. 아내님을 거치지 않으면 말을 못 하는 상대도 적지 않았다. 그런 나를 아내님은 무조건적으로 지지해 주었다.

나 자신조차 뭐가 어째서 괴로운지 이해도 안 가서 말도 못 하는 상태인데도, 아내님은 '괴로운 거 맞아'를 대전제로서 인정한 뒤에 그저 잠자코 내 손을 잡고 어루만지며 등을 쓸어 주었다. 신기하게 뭘 해도 편해지지 않던 원인 불명의 패닉과 불안의 파도는, 아내님이 "괴롭지, 괴롭지" 하고 등을 어루만져 주면 상당히 편해졌다.

아내님이 말하기를 자신이 정신적으로 아파서 패닉에 빠졌을 때 "그렇게 해 줬으면 했어" "누가 그렇게 해 주면 편해졌어"라는데, 멘헤라에 리스트 커터였던 예전의 아내님에게 내가 솔선해서 그런 걸 해 준 기억은 없다. 고마움에 눈물을 흘리며 예전의 내 한심함을 저주했다.

아내님이 이와 같은 괴로움 때문에 누군가 곁에서 등을 어루만져 주기만 바랐던 시기에, 나는 그렇게 해 주지는 않고 잔소리와 질책을 퍼부어 온 것이다. 그런 나를 아내님은 왜 이다지도 담담하게 보살펴 주는 것일까. 그저 고마울 뿐이다.

넘치는 감사와 부끄러움 그리고 불안을 품고, 서로가 '양보할 수 없는 것'을 교환하는 의식을 거쳐 나는 카오스 상태인 우리 집으로 퇴원. 일상으로 복귀했다.

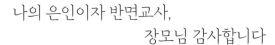

나의 은인이자 반면교사,
　　　　　장모님 감사합니다

　　퇴원 당일, 당연히도 우리 집은 굉장한 몰골이었다. 정원에 한 걸음 발을 들여놓자 무릎길이까지 무성해진 잡초 속에서 메뚜기가 종횡무진 뛰어다녔다. 다이닝룸의 바깥으로 이어진 창 옆에 만든 화단 같은 지역에는 달리아와 도라지꽃이 잡초와 뒤얽혀 만개했고, 그 속에는 입원 직전에 내가 심은 피튜니아 화분이 파묻혀 있었다. 현관으로 향하는 좁은 길은 자랄 대로 자란 수국이 양옆에서 침범했고, 감나무 가지가 눈앞까지 드리워진 현관 앞에 멈춰 서면 몇 분 안에 각다귀가 떼를 지어 날아올 것 같았다. 너구리에 족제비에 오소리까지 나오는 시골이니 잡초를 무성하게 방치해 두면 진드기도 조심해야 하는데…….

　　퇴원까지 50일 동안 하루도 빼먹지 않고 병원에 와 준 아내님에게 정원을 손질할 여유는 없었을 것이다. 원래도 아내님은 정원 일을 자발적으로는 하지 않는다. 하지만 괜찮다. 병원에서 돌아오는 길에 나는 생활용품 매장에서 고급 풀베기용 낫을 손에 넣었다. 업무차 얻은 일시 퇴원일에 이 정원의 참상을 확인했기 때문이다. 잠깐 기다리게나 잡초들이여, 곧 몰아내 주마.

현관문을 열자 또 다른 카오스가 펼쳐졌다. 여름에는 신을 일이 없는 신발까지 포함해, 장에 정리해 넣지 않은 신발들이 나뒹구는 현관으로 우다다다 냐아아앙 달려오는 고양이 세 마리의 마중(당시는 아직 세 마리였다). 여어 오랜만이구나, 고양이들이여. 그러나 다가오지 말거라. 땀으로 흠뻑 젖어 번들거리는 내 얼굴에 빠진 털이 붙으니까.

현관의 문지방 너머도 카오스였다. 장마가 걷힌 고온다습한 날씨에, 현관부터 다이닝룸까지 걷는 동안 고양이 털이 날리지 않는 곳이 없었다. 신발장 위에는 우편함에서 가져왔을 전단지와 우편물, 공공요금 영수증이 그대로 방치되어 고양이 화장실 모래의 분진을 뒤집어쓰고 있었다.

그렇다면 다이닝룸은 얼마나 심각한 카오스가 되어 있을 것인가…… 용기를 내어 다이닝룸에 들어서자, 어라? 놀랍게도 바닥에 단정하게 접혀 있는 옷가지와 수건. 부엌의 싱크대에는 설거지한 그릇이 말끔하게 식기 건조대에 늘어서 있는 게 아닌가!

다이닝룸과 부엌을 정리한 범인(이 아니라 은인)은 장모님, 즉 아내님의 자당이셨다.

"여긴 됐으니까 다이스케는 정원의 풀을 베어 줘. 우리는 집 안을
정리할 테니."

퇴원한 날 함께 있어 준 장모님은 실은 내가 긴급 입원한 때부터
며칠간, 그리고 입원 중에도 일주일에 한 번은 우리 집에 묵으며 아
내님을 보살펴 줬다. 이쯤에서 장모님에 대해 조금 이야기할 필요가
있을 것이다.

**

장모님은 주의력결핍, 과잉행동 그리고 학습장애가 있었던 어린
시절의 아내님을 "몹쓸 아이"라고 질책하며 키워서 그 후 아내님이
가출과 심각한 리스트 커터의 길을 걷게 만든 원흉이었다.

그러나 나와 아내님의 결혼, 그리고 아내님의 뇌종양 투병과 나
의 뇌경색 발병을 거치며 내게는 생명의 은인이라고도 할 수 있는
존재가 되었다.

물론 아내님이 자신을 되찾는 데 필요한 과정으로서 나는 아내님
에게 "어머니와 대치하라" 하고 부추겼고, 아내님도 나와의 가정이
라는 안정된 보금자리를 토대로 정말이지 격렬하게 장모님과 싸웠
다. 장모님은 말하자면 극성스럽게 과도한 간섭을 하는 타입으로,
아내님이 나와 동거를 시작한 뒤로도 일주일에 몇 번이나 전화를 거

는 사람이었다. 아내님이 열아홉 살 때 나의 집으로 기어 들어온 뒤에도 "힘들면 언제든 돌아와도 돼" 하는 전화가 일주일에 한두 번씩은 꼭 걸려 왔다.

손목 긋기가 격화되었다 서서히 가라앉으며 "돌아가기 싫은 집이니까 가출한 거잖아"라고 말할 수 있게 되었을 때는 내가 장모님을 좀 딱하게 여길 정도로 아내님은 장모님에게 거세게 맞섰다.

"돌아가고 싶은 집이 아니었어."

"내가 괴롭다는 걸 알아주지 않았어."

"엄마가 '구제불능, 구제불능' 하니까 난 구제불능이 된 거야. 하지만 난 다이스케랑 잘 살고 있어."

"내버려 둬."

그러나 대단한 점은 아무리 아내님이 두 손으로 밀어내며 "이제 싫어" 하고 거부해도 장모님의 간섭과 맹렬한 참견은 멈추지 않았다는 것이다.

절대 굴하지 않고 기죽지 않는 여자, 장모님. 아내님이 "시끄러워!" 하고 전화를 철컥 끊어도 몇 분 뒤에 "아까 말하려다 까먹었는데" 하며, 아무래도 좋은 무언가 때문에 전화를 다시 걸었다. 게다가 그 말투는 미묘하게 70년대 아이돌풍!

과연 아내님의 모친. 그 성격은 보통이 아니었다. 그리고 그 간섭은 나에게도 세력을 뻗어 왔다. 일테면 내가 일에 집중하고 있을 때, 장모님은 갑자기 전화를 걸어 이런 이야기를 한다.

"다이스케, 지금 통화 괜찮아? 지금 마트에 와 있는데 양파가 말이야, 햇양파잖아? 그래서 저거야. 어쩔래?"

"장모님, 무슨 말씀이신지 전혀 모르겠는데요."

"햇양파망이라구."

"그러니까 그게 뭔지 모르겠다니까요. 일단 진정하세요, 장모님."

번역하자면 '마트에 왔더니 제철을 맞이한 햇양파를 특가 판매 그물망에 담아 팔고 있네. 사서 나눠 가질까?'인데, 논리정연하게 말하는 게 너무도 서툴러서 일상회화가 거의 이런 식으로 주어도 서술어도 목적어도 없이 이루어졌다.

생각해 보면 아내님과는 다른 타입의 주의력결핍장애를 가진 장모님은 차들이 오가는 좁은 길에서 똑바로 걷지 못해 차도 쪽으로 비틀비틀 걸어가고, 길가로 면한 가게에서 나올 때도 좌우를 보지도 않고 곧장 뛰쳐나와 언젠가는 차나 자전거에 치이지 않을까 걱정될 정도로 보고 있으면 불안하기 짝이 없었다. 수행기능에도 문제가 있어서 요리를 하면 튀김을 다 튀긴 뒤에 밥을 짓기 시작하는 타입. 또 배가 고프면 생각이 멈춰서 엄청나게 성말라진다.

뭐야, 아내님의 문제는 장모님 유전이잖아, 라고도 생각할 수 있을 것이다. 하지만 장모님의 경우 만사에 요령은 나빠도 압도적인 과잉행동(=과잉활동)을 하기 때문에 집안일 전반에는 의외로 소홀함이 없었다. 게다가 묘한 고집이 있어서 수건 같은 걸 개는 모습을 보면 각이 안 맞춰졌다느니 개어 놓은 비율이 나쁘다느니 하는 이유로 두 번이고 세 번이고 다시 갤 정도였다.

하지만 그런 좀 곤란하고도 귀여운 장모님의 격렬한 간섭은, 아내님이 뇌종양으로 쓰러졌을 때도 내가 뇌경색을 일으켰을 때도 우리 부부를 실질적으로 구해 줬다.

사람은 실로 괴로운 상황의 구렁텅이에 빠지면 주위에 도와달라고 말할 정신력조차 잃는 법이다. 그런데 장모님은 그 압도적인 참견력으로 전혀 부탁하지 않은 일을 척척 해 주셨다. 예를 들면 내가 매일 아내님의 병원에 갔다가 집으로 돌아와 먹을 '반찬'을, 일부러 도심의 직장에서 퇴근하는 길에 편도 1시간 반 넘게 들여 가져다주셨다. 아내님이 죽을 수도 있다는 공포에 질려 스스로를 전혀 돌보지 못했던 나에게 그 반찬 한 가지가 얼마나 감사하고 도움이 되었는지 모른다. 또 내가 쓰러진 뒤에는 주말마다 지바 땅의 외딴섬 같은 우리 집까지 찾아와 아내님을 계속 보살펴 주셨다.

뭘 어떻게 도와줬으면 하는지 설명할 기력도 말도 고갈된 상태에서, 적절한 감사 인사를 할 사고 능력조차 빼앗긴 상태에서, 이 참견의 강매는 다른 무엇보다 고마웠다.

내가 퇴원한 뒤에도 한동안 장모님의 고마운 참견의 폭풍우는 계속 휘몰아쳤다. 내가 입원해 있을 때 몇 번인가 우리 집에 묵어 보며 주부 경력 40년에 가까운 장모님이 깨달은 것은, 우리 집의 부엌과 세면대 찬장 속이 '효율적으로 수납되어 있지 않다'는 점이었던 모양이다. 그리하여 장모님은 생활용품 매장이나 100엔숍에서 수납

용품을 사와서 찬장 속을 자신이 허용할 수 있는 수준으로 개선해
나갔다.

　정말로 감사했다. 분명 욕실과 부엌의 수납 문제는 내내 해결해
야 할 문제였다. 문제… 였지만요……. 장모님이 바지런히 일하는 모
습을 보면서 나는 점점 유감스러운 마음이 들었다.

　'장모님, 그건 안 돼요. 그러시는 걸 보니 아내님이 지금의 아내님
이 되어 버린 이유를 잘 알겠군요.'

　엄청난 활동량으로 쉴 새 없이 일하는 장모님의 모습은 나에게
아주 좋은 '반면교사'였다. 장모님과 아내님의 조합은 그야말로 최악
이라고밖에 말할 수 없었다.

　장모님이 일하고 있는 것을 모르는 척하며 스마트폰 게임을 하고
있는 아내님. 그 광경을 보다 못한 내가 "도와드려" 한다. 아내님은
귀찮다는 듯 장모님에게 다가가 말한다. "뭐 도와줄까?" "그거 내가
할게." 하지만 그렇게 말을 걸어도 장모님은 손을 멈추지 않는다. 아
내님은 꽤나 고집스러운 성격이라서 장모님 옆에서 뭔가를 집어 들
고 도와주려 하지만, 장모님은 그보다 더한 고집으로 "괜찮다니까"
하며 아내님이 들고 있는 것을 빼앗으려고 한다. 결국 고집쟁이끼리
유치원생 같은 물건 쟁탈전을 벌인다.

　'그럼 나도 몰라!'라는 양 아내님이 다른 작업에 손을 대면 장모님
은 그 뒤를 쫓아가 "그렇게 하면 안 돼, 전혀 못 쓰겠네" 하면서 아내
님의 작업을 강제로 중단시키고 처음부터 정성껏 다시 한다. 아내

으로 말할 것 같으면 그쯤에는 완전히 의욕을 잃고 스마트폰 게임에 몰두해 버린다.

"다이스케, 정말 미안해. 내가 제대로 집안일을 안 가르쳐서 그래."

큰 은인인 장모님의 말에 대꾸할 말이 없다.

'아뇨, 장모님. 그건 안 가르친 게 아니라 아내님의 의욕을 빼앗기만 한 거예요.'

어마어마한 스케일의 반면교사가 눈앞에 있었다. 돌이켜 보면 그건 나도 마찬가지였다. "그 집안일은 이런 마무리라면 안 한 거나 마찬가지야" 하며 눈앞에서 아내님의 작업을 빼앗아 다시 하는 짓을 나 역시 몇 번이나 해 왔다. 틀림없다. 눈앞에서 나 말고 다른 사람이 하고 있는 모습을 보고 새삼 통감했다. 아내님이 집안일을 하지 않는 것 이상으로 나는 아내님에게서 집안일을 빼앗아 왔다.

장모님은 은인. 최강의 반면교사로서 나의 문제를 깨닫게 해 줬다는 의미에서도 역시 큰 은인이었다.

**

이렇게 반성뿐인 나날이지만, 반성했다면 그것을 개선에 활용하는 것이 인류다. 퇴원 후 주말마다 문지방이 닳도록 우리 집에 와 줬던 장모님 덕분에 욕실과 주방의 수납은 꽤 정비되었고, 바깥에 나와 있는 물건도 말끔하게 줄어들었다. 하지만 한편으로 다이닝룸은 여전히 물건이 넘쳐 났고 침실과 작업실도 다시 창고 상태였다. 어떻게 하면 좋을까?

아침에 일어나면 아내님이 약속한 대로 자기 전에 다이닝룸 바닥의 물건을 정리하려고 노력한 흔적은 보인다. 하지만 다이닝룸과 이어진 부엌의 합계 6.5평 남짓한 공간에서 아내님의 전용 공간인 컴퓨터 책상 위와 철제 선반 위는 어마어마한 양의 물건으로 넘치고 있었다.

아내님이 모으는 키홀더류와 캐릭터 핸드폰 스트랩 등은 고양이 털과 먼지를 뒤집어쓴 채 몇십 개나 선반에 축 늘어져 있고, 구입한 피규어와 게임의 빈 박스 등도 소중하게 쌓아 올려져 있다. 아내님 둘에 빈 박스를 버린다는 선택지는 없었다. 아내님이 잠들고 내가 일어나는 사이에 고양이 운동회도 가끔 열려서, 나는 아침마다 눈사태를 일으키며 바닥에 떨어져 있는 물건을 주워 올려야 했다.

괴롭다. 뇌경색 이후의 나는 감정을 억제하는 능력을 잃어서인지, 아니면 주의력결핍장애로 인해 쓸데없는 물건이 눈에 들어오면 집중력이 사라지기 때문인지, 발병 전보다 어질러진 환경을 극단적으로 고통스럽게 느끼게 되었다. 아침에 일어나 거실에 갈 때마다 숨이 막힐 것 같았다.

"이걸 어딘가에 넣어 두지 않으면 정리하지 않은 거나 마찬가지야"

발병 전의 나라면 확실히 그렇게 말했겠지. 하지만 분명히 남아 있는 아내님이 노력한 흔적과 최강의 반면교사인 장모님을 다시 떠올리며, 심호흡 한 번. 곧이어 나는 무언가를 깨닫고 망연해졌다.

'어딘가에 넣어 두지 않으면'이라니, 그 어딘가란 어디인가?

우리 집 다이닝룸의 수납공간은 아내님의 할머니로부터 물려받은 오동나무 서랍장과 불단 공간(잡동사니 수납장처럼 되어 있다) 아래의 경첩 달린 장 그리고 벽장과 부엌의 전자레인지 선반과 식기장의 서랍류가 전부였다. 하지만 그런 수납공간을 모조리 살펴봐도 어디에나 이미 내 물건이 들어 있어서 여유 공간이 거의 없었다.

벽장을 열면 아내님이 취미로 사들인 수집물의 빈 박스 등이 쌓여 있지만, 그보다 더 큰 자리를 차지하는 건 나의 업무 관련 서적과 잡지류였다. 신발장 속에는 내가 안 신는 부츠 등이 쌓여 있어서 현관에 나뒹굴고 있는 신발을 모두 넣을 수 있는 공간이 없었다. 침실과 작업실에도 방대한 양의 천과 재봉도구 등이 쌓여 있지만 역시 그것을 수납할 만한 장소는 이미 나의 개인 물건으로 꽉 차 있었다.

정리에 서툰 사람에게는 '쓴 물건을 정리해 둘 제자리가 없다'는 것이 모든 정리 비법 책에 쓰여 있는 정설인데, 이래서야 아내님도 어쩔 도리가 없지 않은가.

아내님은 물건이 넘쳐 나는 상태를 별로 고통스러워하지 않는다. 그리고 아내님은 스스로 제자리를 만드는 작업에 능숙하지 않다. 게다가 정리해 둘 제자리를 만들 수 있는 공간은 이미 나의 물건이 점령해 있다.

　재차 말하지만 그런 나의 물건이란 '평소에 쓰는 물건을 제자리에 정리해 둔 것'이 아니라 앞으로의 인생에서 쓸지 말지 모를 것들이었다. 그 대부분은 바닥이 내려앉기 직전이었던 연립주택에서 가져온 물건으로, 이사한 뒤로는 열어 보지도 않은 종이박스와 끈을 풀지 않은 자료 서적 다발 등이 잔뜩 있었다.

　나는 장모님과 마찬가지로 아내님에게서 집안일을 빼앗아 왔던 것이다. 그리고 더 나아가 아내님이 '집안일을 할 전제'조차 빼앗아 왔다. 그런 자신을 모른 척하며 나는 무엇을 해 온 것일까? 과장이 아니라 정말로 아연실색했다. 이래서야 열아홉 살 아내님이 가출해서 혼자 사는 나의 집으로 뛰어 들어온 당시와 다를 게 없었다.

　그러고 보니 아내님은 내가 집 안의 물건에 대해 상의하면 "좋을 대로 하면 되잖아, 당신 집이니까"라고 대답할 때가 많았다. 그것은 집에 대해 흥미가 없었던 게 아니라 문자 그대로의 뜻이었다. 틀림없다. 지금의 집안일을 하지 않는 아내님은 장모님과 나의 공동작업의 결과물이다.

　퇴원하고 몇 주 뒤, 몇 번이나 아내님에게 거듭 사과하면서 둘이서 온 집 안을 정리하기 시작했다. 우리 집의 헌법에는 '제4조, 상대의 작업을 빼앗지 않는다'가 추가되었다.

　이 정리 작업도 발병 전이라면 반성 끝에 나 혼자 하려고 했을 수도 있지만, 내가 앓는 고차뇌기능장애에는 단순한 청소나 정리라 해도 자력으로 완수하기 어려운 면이 있어서 모든 작업은 아내님과 둘이서 협력해 가며 하게 되었다.

그리고 그 과정 속에서 나는 17년간 함께 살아오며 구석구석 다 안다고 생각했던 아내님의 숨겨진 여러 능력을 새삼 발견하게 되었다.

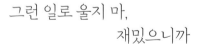

그런 일로 울지 마,
　　　　　재밌으니까

　그날이 큰 전기였다고 생각한다. 8월 초, 퇴원하고 열흘쯤 지난 그날 아침도 나의 하루는 대청소로 시작되었다.

　퇴원 전부터 만화 원작 작업과 투병기의 뼈대가 될 원고 집필은 시작했지만, 상상했던 것보다 더 괴로운 고차뇌기능장애로 인해 제대로 이야기할 수 있는 상대가 아내님밖에 없었던 나는 본업인 취재기자로 언제 돌아갈 수 있을지 모르며, 평생 돌아가지 못할 수도 있다는 불안감에 빠져 있었다. 다행히도 주간 연재인 만화의 원작 작업은 담당 편집자가 지바 땅의 외딴섬 같은 우리 집까지 매주 회의를 하러 와 준다고 했고, 발병 전부터 써 왔던 책 작업은 혼자서도 그럭저럭 할 수 있었다.

　그래서 나는 집에서 집필 업무를 할 수 있도록 실내 환경과 부부의 역할 조정을 꾀하려 했다. 그 첫 단추가 대청소였다.

전날 나는 계단 중간의 층계참에 산더미처럼 쌓여 있던 '2층 작업실로 가져가려 했던 책'과 침실 벽장에 들어 있던 '언젠가 다시 볼 예정이었던 자료 서적' 중에서 정말 필사적으로 필요한 책을 골라내고, 남은 (대부분의) 책은 현관 앞 복도에 쌓아 뒀다. 이날 아침은 다이닝룸의 벽장과 수납공간 대부분을 차지하고 있는 잡지, 서적, 만화류를 정리하기로 했다. 여기다 아내님의 물건을 넣을 수납공간을 만들자.

그나저나 꺼내 놓고 보니 방대한 책 쓰레기였다. 그중 다수는 거래처인 편집부에서 보내 주는 증정본 잡지였는데 대부분 원래 들어 있던 대형 봉투에서 꺼내지도 않았다. 참고 자료로 구입한 서적 중에는 대량의 포스트잇이 붙어 있음에도 불구하고 무슨 내용인지 전혀 기억나지 않는 것도 많았다. 심지어 이 집으로 이사 오고 3년 반 동안 박스에서 꺼내지 않은 것도 있었다.

이런 불필요한 것으로 아내님의 수납공간을 빼앗아 놓고 "책상 위나 바닥에 물건을 꺼내 놓지 마" 하며 잔소리를 반복해 오다니. 한 권 한 권 반성하는 마음을 담아, 헌책방에 팔 수 있을 듯한 책과 폐기할 책을 구분하여 각각 사이즈별로 박스에 담아 나갔다. 서두르려 하면 패닉을 일으킬 것 같으니 천천히, 천천히.

우다다다 캬아아옹!

아내님과 고양이 기상. 시계를 보니 벌써 11시 58분이다.

"좋은 아침~ 야호, 오전 중에 일어났다~"

'이제 2분 뒤면 오후인데 말이지.'

그러나 이런 쓸데없는 말은 하지 않는다.

"다이닝룸 바닥, 잘 치워져 있었어?"

실은 이날 아침에는 만화책이 딱 한 권 바닥에 떨어져 있었다. 약속했던 '자기 전에 다이닝룸 바닥 치우기'를 아내님은 틀림없이 지켜 주고 있었지만 뭔가 딱 하나, 엄청나게 눈에 띄는 곳에 정리하지 않은 물건이 덩그러니 남아 있을 때가 많았다.

하지만 약속을 지켜 준 흔적은 명백히 보였다. 병을 앓기 전의 나였다면 "만화책이 딱 한 권 나뒹굴고 있었어"라고 일부러 말했을 대목이지만, 그런 한마디는 봉인.

"잘 치워져 있더라."

"그렇구나. 뭐 도와줄까?"

"일단 바나나랑 두유로 아침부터 먹어. 그다음에 세탁기 돌린 게 슬슬 마무리되니까 빨래를 꺼내서 널어 줘."

"라저리코~(알겠다는 뜻)"

오늘 아내님은 기동이 빠른 것 같다. 일어나서 1시간이 넘도록 제대로 눈을 뜨지 못하는 경우도 있지만, 기동에 필요한 시간은 그날의 컨디션에 따라 마치 딴 사람처럼 다르다. 나는 청소 작업으로 돌아간다.

동네의 청소 센터에서 주민이 직접 들고 오는 헌 잡지 등의 쓰레기를 받아 주는 건 오후 1시 반 이후. 그 시간까지 빨래를 널고, 버릴 책을 모아서 청소 센터에 가고, 가는 길에 여유가 있으면 헌책방에 팔 책도 들고 가자고 계획해 본다.

책 분류 작업을 재개한 지 약 1시간. 화장실에 가려고 일어섰는데 아내님의 기척이 없었다. 다이닝룸을 들여다보자 바닥에 주저앉아 있는 아내님. 뭘 하는지 살펴봤더니 고양이용 유리 물그릇을 연마용 멜라민 스펀지로 반짝반짝하게 닦고 있었다.

어째서?

"저기, 빨래는?"

"미안! 까먹었어!"

"바나나는?"

"아, 아직."

아무래도 아내님은 자기 밥을 먹으려고 다이닝룸에 갔지만 고양이들에게 '우리 밥이 먼저일세' 하고 재촉당해 고양이 사료를 준비하게 됐고, 그때 하필 고양이 물그릇이 더럽다는 것을 깨달아 닦기 시작하는 바람에 어느 틈에 이 시간이 된 듯했다.

부엌을 보자 멜라민 스펀지를 쓰기 편한 크기로 자른 흔적, 남은 스펀지와 부엌칼이 모조리 도마 위에 꺼내어져 있었다. 병을 앓기 전의 나였다면 짜증 섞인 잔소리 모드로 들어갔을 장면이지만, 봉인. 병을 앓기 전의 나, 봉인. 적어도 고양이 물그릇이 더러운 건 나도 '슬슬 어떻게 좀 해야겠는데'라고 생각하던 참이었고, 아내님은 자고 있었던 것도 게임을 시작한 것도 아니었다.

　"그럼 빨래는 내가 널 테니까 아내님은 바나나주스만 다 먹어 둬. 그런 다음에 청소 센터에 책을 들고 가려고 하거든. 아마 밤에 S 씨(담당 편집자)에게 수정 지시가 올 테니 그 전에 헌책방에도 가고 싶어."

　"라저리코."

＊＊

　그런데 이날 버릴 책을 들고 간 청소 센터에서 약간의 트러블이 있었다.

　예전에 우리가 살았던 지역의 청소 센터에서는 잡지나 서적은 종이박스 등에 모아 넣은 상태로 들고 가면 소각용 쓰레기로 받아 줬는데, 이 청소 센터에서는 재활용 쓰레기로 접수한다고 한다. 게다가 잡지는 봉투에서 꺼내고, 부록 CD 등이 있으면 떼어 내 노끈으로 적당하게 묶어서 내놔야만 하는 모양이었다.

　태양이 이글거리는 8월의 오후, 청소 센터 입구에서 직원의 설명을 듣고 있던 나는 즉시 패닉에 빠져 버렸다. 빠른 말투로 설명하는 직원의 말에 나는 '전에 살던 곳에서는 소각용 쓰레기였다. 종이박스에 넣어 종이테이프까지 붙여서 가져와 버렸고, 봉투에 들어 있는 것도 많으니 재활용이 아니라 소각용 쓰레기로 내면 안 되겠는가?'라는 말을 중간에 하고 싶었지만, 직원은 말이 빠른 데다 에둘러 표현해서 내가 말하려고 타이밍을 엿보는 사이에 이야기가 끝나 사무소로 휙 돌아가고 말았다. 이야기의 마지막 부분에서는 이미 내가 패닉을 일으켰던 탓에 무슨 소리를 들었는지도 모르겠다.

병을 앓기 전의 나는 교섭에 능한 타입이어서 분쟁이 일어난 양자 사이에 중재역으로 들어가는 경우가 종종 있었다. 그런 내가, 빠른 말투의 청소 센터 직원에게 자신의 의사조차 전하지 못하다니. 이런 패닉을 일으킬 때면 늘 그렇듯 하반신에서 힘이 빠지고 몸 여기저기가 와들와들 떨렸다. 뇌경색 전의 자신과의 갭에, 이 세상의 종말이 온 듯한 심정으로 낙담하며 후들거리는 다리로 아내님이 있는 차로 돌아왔다.

"직원이 뭐래?"

"몰라."

"안 받아 준대?"

"소각용이 아니라 재활용 쓰레기로 받아 준다는데 박스에 넣은 채로는 안 된대. 근데 무슨 말을 하는지 모르겠더라고. 아내님한테 가 달라고 할 걸 그랬어. 말이 엄청 빨라서 무슨 말을 하는지 모르겠어. 심술궂은 사람이었어."

"다이스케, 진정해~ 심호흡해~ 그리고 이런 일로 울지 마, 재밌으니까."

'재밌으니까!'라는 건 충격적이었지만, 아무래도 눈구석에 눈물이 차올랐던 모양이다. 나로는 해결이 안 되니 아내님이 다시 사무소에 가서 자세한 설명을 듣고 돌아왔다. 양손에는 가위와 노끈을 들고.

"그냥 좋은 사람이던걸. 차를 방해되지 않는 곳으로 옮겨 두면 여기서 작업해도 된대. 끈이랑 가위도 받아 왔어."

삼림으로 둘러싸인 시골의 청소 센터, 시끄러울 정도의 매미 소리 속에서, 뙤약볕이 내리쬐는 주차장으로 차를 옮긴 뒤 우리 부부의 공동 작업이 시작되었다.

*\
**

박스를 꽉 채운 방대한 양의 잡지는 아내님의 힘으로는 차에서 꺼낼 수 없어서 내가 꺼냈다. 그러나 내 왼손의 마비는 아직 회복 중이라서 하나로 뭉친 잡지를 끈으로 묶는 작업은 어려우니 그것은 아내님 담당. 나는 종이테이프로 봉해 놓은 박스를 열고, 봉투에 들어 있거나 비닐 포장이 되어 있는 잡지를 한 권씩 꺼내 끈으로 묶기 쉬운 두께로 겹쳐서 아내님에게 건네는 일을 맡았다.

묵묵히 작업을 하다가 점점 울화가 북받쳐 숨 쉬기가 힘들어졌다.

"다이스케, 숨 쉬고 있어?"

"별로 안 쉬고 있어. 괴로워."

"왜?"

"힘들어서."

"뭐가?"

내 가슴에 북받친 짜증의 이유는 잡지를 싸고 있는 비닐을 찢는
데 있었다. 종이봉투는 쫙쫙 찢을 수 있으니 괜찮았지만 신축성 있
는 비닐 포장은 잡아당겨도 늘어나기만 하고, 봉해진 부분의 점착력
이 강해서 벗겨지지 않았으며, 소재가 지나치게 부드러워 아내님이
사무소에서 빌려 온 싸구려 가위로는 잘 잘리지도 않았다. 그렇다는
것을 떨리는 목소리로 설명했더니 "그럼 내가 할게" 하며 이어받아
주는 아내님.

"아내님은 힘들지 않아?"

"왜? 그냥 천천히 하면 되잖아."

실제로 아내님의 손놀림을 관찰했더니 결코 효율 좋게 비닐 포장
을 뜯는 것 같지는 않았다. 오히려 힘이 없어서 나보다 시간이 더 걸
리는 듯했다. 하지만 아내님의 얼굴은 수도자처럼 평화로워 보였다.
또 한 번 숨겨진 능력 발견. 그런데 벗겨 낸 포장지를 근처에 아무렇
게나 놔둬서, 살랑살랑 불어오는 여름 오후의 바람에 비닐이 춤추며
날아갔다. 그것을 쫓아가 주워서 아내님에게 돌아와 빈 종이박스를
아내님 옆에 두고 "비닐은 여기에 넣어" 했더니 "감삼다~(감사합니
다)". 이런 것까지는 생각이 미치지 않는 모양이다.

다시 작업 개시. 종이상자를 열고 비닐 포장된 잡지는 아내님에
게, 나는 종이봉투를 찢고 잡지를 꺼내 묶기 좋게 겹친다……. 고개를
숙이고 작업하며, 나는 넘쳐흐를 듯한 눈물을 필사적으로 삼켰다.
가슴이 여러 마음으로 터질 것 같았다. 그런 기색을 아내님도 눈치

챈 모양이었다.

"왜 그래? 또 뭔가 괴로워?"

"괴로운 게 아니라 귀찮아서 죽을 것 같아. 아내님은 귀찮지 않아?"

"전혀."

"그렇구나…… 미안해."

"왜 사과하는데? 그보다 울지 마, 다이스케."

또다시 눈구석이 눈물로 가득해졌다. 사실 나는 병을 앓기 전부터 업무에 있어서도 집안일에 있어서도 '이모저모 궁리해도 효율화가 안 되는 단순 작업'을 극단적으로 싫어했다. 요컨대 궁리하는 건 아주 좋아하지만 귀차니스트여서 집안일 중에서도 그런 성가신 부분은 뒤로 미뤄 왔던 것이다. 반면 아내님은 주의가 산만하고 작업에 대한 자발성은 낮지만, 일단 단순 작업에 들어가면 엄청나게 오랜 시간 그것을 계속할 수 있는 타입이었다.

반성할 것투성이다. 아내님에게 면목 없는 마음과 고마운 마음이 가슴속에서 부풀어 갔다. 나는 귀찮은 집안일은 적당히 방치해 두고 자신 있는 것만 하면서 스스로 가사를 잘한다고 생각했던 것이다. 그런 주제에 자발적으로 집안일을 하지 않는다는 이유로, 손이 야무지지 않고 작업의 효율화에 서툴다는 이유로 아내님에게 "이래서야 안 한 거나 마찬가지야" "그렇게 느긋하게 하면 영원히 안 끝날지도 몰라" "내가 하는 편이 더 빨라" 하고 쏘아붙이며 집안일을 빼앗아

왔다.

아내님은 단순 작업에 강하고 나는 약하다. 나는 작업의 효율화에 강하고 아내님은 약하다. 그런 건 아내님과 사귀기 시작한 무렵부터 충분히 알고 있었을 텐데, 나는 그런 아내님을 지금껏 내내 제대로 봐 오지 않았다.

"나는 구제불능 쓸모없는 아이~♪" 묘한 가락으로 노래를 부르며 회사 컴퓨터를 앞에 두고 묵묵히 단순 작업을 소화하던, 아직 열아홉 살 소녀였던 아내님을 떠올렸다. 아내님을 '사내에서 가장 단순 작업을 잘하고 집중력이 뛰어난 부하 직원'이라고 인식하던 시절을 떠올렸다.

이렇게 둘이서 나란히 어떤 작업을 함께한 게 대체 얼마 만일까?

"아내님, 고마워. 그리고 미안해."

그 이상 무언가를 말하면 그대로 억수 같은 눈물이 쏟아질 것 같아서 입을 꾹 다물고 손을 계속 놀렸다.

작업이 끝날 무렵에는 시끄러웠던 유지매미 소리가 저녁매미 소리로 바뀌어 있었다. 청소 센터의 접수 시간에 아슬아슬하게 맞췄다. 성취감에 땀을 닦으며, 아내님이 정성껏 꽁꽁 묶은 잡지의 마지막 다발을 집하 장소인 창고에 다 쌓았다.

마지막에 빠른 말투로 나를 패닉에 빠트린 그 직원에게 인사하자 "힘드셨죠~ 고생하셨어요" 하고 따뜻하게 말해 줬다. 심술궂은 사람이 아니라 좋은 사람이었다.

돌아오는 길, 아내님이 터프하게 난폭 운전을 하는 우리 집 애마(경승합차)의 조수석에서 덜컹덜컹 흔들리며, 겨우 눈물 발작이 소강상태에 접어든 나는 커다란 발견을 한 기분이 들었다.

아내님의 뇌종양과 나의 뇌경색을 거치며 아내님이 얼마나 나를 정신적으로 지탱해 왔는지 절실히 깨달았다. 그런데 이날은 가정의 운영면, 특히 나를 괴롭혀 온 '집안일'에 있어서도 아내님이 나를 크게 뒷받침해 줄 수 있다는 것을 깨달았다. '쓸모없는 아내'가 아니라 '아내의 능력을 알아보지 못하는 남편'이었던 게 아닐까?

우선 나는 내가 잘하지 못한다(귀찮다)고 생각하는 집안일을 모조리 아내님에게 할당해 보기로 했다.

비로소
우리만의 룰이 완성되다

　아내님은 대부분의 집안일을 그다지 중요하게 생각하지 않는다. 집안일이 필요하다고 느끼는 사람은 압도적으로 나다. 그런 이상, 하는 게 당연하다는 건 가치관의 강요. 집안일의 주도권을 잡고 솔선해서 움직일 사람은 바로 나였다. 그것을 전제로 나는 내가 귀찮거나 싫다고 생각하는 작업을 아내님에게 부탁했다.

　드디어 역할이 정해지고 작업 시작.

　일단 방의 수납공간을 점거하던 나의 불필요한 물건 폐기를 아내님과 협력해서 끝내자 그다음 할 일은 수납 케이스와 선반 등을 설치하는 작업이었다.

　치수를 재어 메모하고 생활용품 매장에서 딱 맞는 물건을 찾는 건 내 담당. 주의력결핍장애를 가진 아내님에게 생활용품 매장은 원

더랜드라서, 흥미를 끄는 물건이 넘쳐 나는 탓에 일단 목표한 상품
을 파는 곳에 도착을 못 했다. 게다가 아내님은 수납공간에 딱 맞는
케이스 등을 머릿속으로 상상하는 것에도 서툴러서 이 부분은 맡겨
둘 수 없었다.

"있지, 다이스케, 이거 좋지 않아?"

"세련됐지만 깊이가 30cm밖에 안 되는 케이스를 사면 90cm나 되
는 벽장 안쪽의 남는 공간은 어쩔 거야?"

"그런가. 그럼 이건?"

"깊이 90cm인 서랍은 쓰기 엄청 불편해요. 안쪽 공간을 못 쓰게
될 게 뻔해요."

"그렇구나."

하나를 보면 열을 안다고 매사에 이런 식이라 내가 후보 상품을
몇 가지 고르고 아내님이 구입의 최종 결정을 내렸다. 내가 패닉을
일으키는 계산대에서의 계산은 당연히 아내님이 담당하고, 상품을
차에 싣는 것은 내 담당.

집에 돌아와서도 역시 모든 것은 분담이다. 사온 선반과 케이스
가 포장된 종이상자의 테이프와 노끈을 잘라서 풀고 쓰레기를 정리
하는 건 아내님의 작업. 그런 작업을 엄청 싫어하는(짜증이 솟구친다)
나는 개봉 작업을 할 공간 확보와 개봉 후의 상품을 설명서대로 조
립하는 작업을 담당했다. 아내님은 이 '공간 확보'에 서툴러서 물건
위에 물건을 두고 작업하는 데다 설명서 독해도 아주 어려워하기 때

문에, 조립하는 도중에 나오는 자잘한 쓰레기를 나에게 건네받아 분류해서 봉투에 담는 작업에 전념했다.

　"귀찮지 않아? 아내님은 그런 작업은 짜증 안 나?"

　"전혀~ 조립은 어때?"

　"음… 뇌경색 전에는 이런 거 잘했는데 왠지 머리가 혼란하네. 엄청 힘들지만 재활 훈련이라고 생각하면서 하고 있어."

　"그렇구나. 힘내. 난 설명서 읽어도 뭐가 뭔지 모르니까."

정리마법사
아내님의 재발견

　이렇게 점점 수납장소가 생기자 필연적으로 주거공간도 넓고 쾌적해져서 다른 집안일도 하기 수월해졌다. 아내님에게 "역시 넓은 편이 쾌적하지?" 물었더니 "차이를 잘 모르겠어"라고 했지만 뭐, 그렇겠지. 중요한 건 그게 아니다. 역시 그랬다. 그 청소 센터에서의 발견은 기분 탓이 아니었다. 아내님과 내가 힘들다고 느끼는 작업은 재미있을 정도로 서로 달랐다.

　그렇다면 이제 배려는 필요 없다. 나는 집안일 중에서 내가 힘들어 하는 작업을 모조리 아내님에게 마구 할당하기로 했다.

　세탁은 빨랫감을 모아서 빨고 널고 걷는 것까지가 내 담당. 마른 빨래를 개어서 넣는 것은 아내님 담당. 나라면 티셔츠 같은 건 둘둘 말아서 서랍장에 처박아 둘 텐데 아내님은 정성껏 모서리를 맞춰서 접어 준다. 제법인데, 아내님.

설거지는 사실 내가 좋아하는 일이다. 시골살이라서 수돗물이 아닌 지하수가 나오는 우리 집은 물세 걱정 없이 마음껏 물을 쓸 수 있었다. 여름에는 차가운 물, 겨울에는 뜨거운 물의 온기를 손으로 느끼며 차례차례 식기를 씻는 것은 쾌적하면서도 성취감 있는 작업이었다.

한편 아내님은 손 피부가 약해서 물 닿는 일을 하면 금세 주부 습진이 생겨 묘한 액체가 피부에서 배어나오고, 천연 고무나 라텍스에도 알레르기가 있어서 고무장갑도 못 꼈다. 그래서 아내님이 담당하는 일은 다 씻은 식기를 식기장에 정리해 넣는 작업. 물기가 남아 있으면 닦는, 나에게는 견딜 수 없이 성가신 일도 포함됐다.

이렇게 내가 힘들어하는 일이 무엇인지 밝혀 나가는 과정 속에서 깨달은 점은, 사실 나는 '합리주의적 귀차니스트'라는 것이었다. 빨래든 설거지든 나는 절차를 합리화하면서 작업을 진행해 나가는 것은 좋아하지만, 자잘한 물건을 정리하는 것처럼 능률을 높이기 어려운 작업은 끝끝내 싫어했다.

그 결과 나는 '다 씻은 식기를 놓아 둔 곳에서 다음에 쓸 식기를 집어 써도 되는 타입' '다 씻은 식기가 눈에 보이지 않는 곳에 있으면 정리된 셈으로 치는 타입'이 되었고, 바로 그 때문에 수납공간 안쪽처럼 눈에 보이지 않는 부분은 엉망진창으로 어질러져 있었다.

하지만 내가 귀찮다, 귀찮다, 스트레스받아 가며 해 온 손이 많이

가는 정리 작업이 아내님에게는 전혀 고통스럽지 않다고 한다. 그러고 보니 아내님의 복잡한 화장대도 서랍을 열어 보면 그 속은 화장품 병이 용도와 사이즈별로 깔끔하게 정렬되어 있다. '일단 처박아 두는' 나의 책상 서랍과는 굉장한 차이다. 역시 제법이잖아, 아내님!

그릇을 착착 씻어서 귀찮은 정리 작업을 아내님에게 척척 떠안기는 컨베이어 시스템이 너무 만족스러워 쾌재를 외치려는 찰나, 씻어서 물기를 말린 식기를 두는 식탁을 봤더니 한가운데에 큰 접시가 덩그러니 놓여 있었다.

"어, 아내님. 이 대접은 넣어 두는 걸 까먹었어? 아니면 기름때가 남아 있었나?"

"미안. 대접을 넣어 두는 곳이 내 키로는 손이 안 닿아서 나중에 부탁하려고 생각해 놓고 까먹었어."

이 또한 반성할 일. 얼른 아내님의 키로도 작업이 수월하도록 무겁고 큰 접시는 식기장 아래 칸, 안 쓰는 식기는 위 칸으로 바꿔 넣자 큰 접시를 까먹고 안 넣는 실수는 없어졌다. 공동 작업을 해 나감에 있어서 이 같은 '아내님에게는 작업하기 힘든 배치'는 집 안 곳곳에 존재했다. 나를 위한 환경 정비는 자연히 아내님을 위한 환경 정비가 되어 갔다.

여름 오전 중에 정원의 잡초를 뽑는 것은 내 담당, 정오가 지나 일어나는 아내님은 내가 뽑아서 곳곳에 모아 둔 잡초 더미를 퇴비 자리에 가져다 두는 작업을 맡았다. 참고로 아내님에게 잡초를 뽑게 하면, '적당히 하는 것'이 뭔지 모르는 아내님은 작은 잡초의 싹까지 제초제를 뿌린 듯이 모조리 몰아내는 데다 시야에 들어오는 곤충을 전부 관찰하기 때문에 같은 면적을 작업하는 데 나의 5배는 시간이 걸린다.

화장실 변기를 닦는 것이 나의 일인 이유는 애초에 아내님이 변기의 더러움을 '알아차리지 못하고', 한번 닦기 시작하면 타협하는 부분이 없기 때문이다. 한편 세정제 교환이나 사 둔 화장실 휴지를 보충하는 일 등은 아내님이 나보다 세심해서 담당으로 일임했다(그 세정제의 빈 용기가 화장실에 그대로 놓여 있는 것을 버리는 일은 내 담당). 내가 매일 살 것의 목록을 메모해서 아내님에게 사와 달라고 부탁하는 일도 늘었는데, 이 또한 병을 앓기 전이라면 믿을 수 없을 정도의 큰 진보였다.

발병 전에는 일용품 쇼핑은 기본적으로 내가 혼자 가거나 둘이서 갔고 아내님 혼자 보내는 일은 없었다. 아내님에게는 이렇게 혼자 가는 심부름이 꽤 즐거웠는지, 메모한 물품 중 뭘 까먹고 안 사거나 몇 종류 되는 상품 중에서 하나를 고르지 못해 전화로 확인하거나 부탁하지 않은 물건을 살 때도 있었지만, 소소한 쇼핑에 방대한 시간을 들이고는 생글생글 웃으며 돌아왔다.

이렇게 둘이서 분담해서 집안일을 끝마치니 필연적으로 아내님과 나란히 있는 시간도, 이야기를 나누는 시간도, 아내님을 보는 시간도 늘어났다. 아내님에게 고맙다는 말을 할 기회도 늘었다. 그런 나날 속에서 무엇보다 놀란 점은 아내님이 집안일을 도와주는 데 지극히 협조적이라는 것이었다.

반성뿐인 투병 생활이었지만 또다시 크게 반성했다. 병에 걸리기 전의 나는 명백히 '감사의 질'이 나빴다. 아내님에게 집안일을 부탁해 두고서, 그것이 제대로 되어 있었다 해도 내심 '집안일은 하는 게 당연하고 할 수 있는 게 당연해'라고 생각했으니 아내님의 얼굴도 쳐다보지 않고 건성으로 고맙다고 말해 왔다.

하지만 지금은 내가 귀찮아하는 일을 모조리 부탁하는데도 그걸 아내님이 해 줘서 진심으로 감사하다. 그 마음을 담아 제대로 아내님의 얼굴을 보며 고맙다고 말하면 아내님은 '다음엔 뭘 하면 될까?'라는 듯 나의 새로운 의뢰를 기다렸다.

의뢰가 끊겨서 그 자리를 떠날 때도 "도와줄 거 없으면 ○○ 하고 와도 돼~?" 하고 일부러 물어보게 되었다. 내 부탁을 기다릴 때의 아내님에게 강아지 꼬리가 달려 있다면 아마도 끊어질세라 흔들고 있을 것이다.

어린 시절부터 줄곧 뭘 하든 구제불능이라는 딱지가 붙어 왔고, 가족에게서도 또 나에게서도 하려고 하는 작업을 빼앗기고, 해놓은 작업을 계속 부정당해 결국은 '이제 아무것도 안 할 거야, 멍청이들아' 하는 모드로 들어가 버린 아내님. 그런 아내님에게 나와의 공동 집안일은 처음 겪는 긍정적인 체험이었을지도 모른다.

아내님이 집안일을 해서 즐거워하다니, 그런 모습을 보는 날이 오리라고는 생각지도 못했다.

그리하여 본인에게 물어봤다.

"아내님, 실제로 기분이 어떻습니까?"

"아직 '고마워'가 부족해. 좀 더 매일 고맙다고 말해."

역시 만만치 않은 녀석이로구나.

고마워.

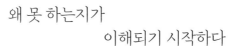

왜 못 하는지가
　　　　이해되기 시작하다

　둘이서 나란히 하는 공동 작업을 통해 얻은 최대의 수확은 아내
님이 '힘들어 하는 것'의 실체를 내가 알았다는 점이다.

　가령 아내님은 여러 개의 일을 동시에 부탁받으면 우선 한 가지
는 확실히 잊어버린다. 예를 들어 아침(점심)에 일어난 아내님에게
"차에 놔두고 온 모자를 좀 가져오고, 그 길에 우편함 속의 우편물도
가져와 줘"라고 부탁하면 그냥 모자만 들고 당당하게 돌아온다. 같
이 마트에 갔을 때 "치즈를 갖다줘. 그리고 오코노미야키 소스도"라
고 부탁하면 엄청나게 시간을 들인 끝에 치즈와 막과자 한 봉지(아내
님이 먹고 싶은 것)를 자랑스레 들고 온다.

　"오코노미야키 소스는 어디 갔어?"

　"아, 까먹었네."

하지만 무엇보다 놀란 것은 아내님이 의식해서 주의를 기울여도 그런 실수가 사라지지 않는다는 점이었다.

일테면 아내님 담당인 다 씻은 식기를 식기장에 정리해 넣는 작업에서 작은 그릇 한 개나 젓가락 한 개를 까먹고 안 집어넣는 경우가 많았다. 대접 정리를 까먹은 사건 때는 수납 장소가 높았던 게 문제였지만, 작은 그릇이나 젓가락 수납에는 문제가 없는데도 그랬다.

몇 번인가 그런 실수가 반복되는 것을 본인도 자각해서, 정리를 끝낸 뒤에 "다이스케, 체크 부탁해~" 하고 스스로 확인을 요청하게 되었다. 한데 그런 부름을 받아서 보러 가면 테이블 위에 밥그릇이 덩그러니 남아 있는 것이 아닌가?!

"아내님, 밥그릇이 남아 있는데?"

"아~ 안 보였어."

한가운데에 있는데? 안 보인다고? 그러나 아내님은 진지한 얼굴이었다. 농담도 심술도 아니었다. 아내님은 진심으로 모든 식기를 정리했다고 생각했고 그저 확인을 위해 나를 불렀다. 그녀 스스로는 여전히 남아 있는 밥그릇의 존재를 알아차리지 못하는 것이다.

잠깐만. 어라? 이건 뇌경색 발병 직후의 나에게 빈번히 일어났던 증상이었다. 뇌경색 후의 내게는 시야의 왼쪽에 있는 것에 대한 주의력이 결손되는 '좌반측 공간 무시'라는, 고차뇌기능장애 중에서도 비교적 잘 알려진 장애가 남았다. 병을 앓은 후 3개월쯤 지나자 상당히 개선되었고 5개월이 지난 무렵에는 거의 다 사라졌지만, 이 장애

를 겪을 때의 나는 '왼쪽 눈에 보이는 것을 알아차리지 못하는' 경우
가 종종 있었다. 시력이 떨어진 것은 아니었다. 주의력이 결손된 상
태란 왼쪽만 빨리 감기 영상으로 보는 듯한 감각이며, 주의를 잘 기
울여서 보면 물건이 갑자기 휙 나타난 듯이 존재가 인식된다. 그것
은 나 자신의 일이지만 조금 오싹한 세계관이었다.

아내님에게도 타고난 주의력결핍장애가 있다. 그렇다면 아내님
이 보고 있는 세계는 그 오싹한 빨리 감기의 세계일까?

왜 두 개를 부탁하면 하나밖에 못 하는가. 왜 메모한 대로 물건을
사 오지 못하는가. 회복되어 가는 고차뇌기능장애자로서, 장애가 심
했던 시기의 나와 아내님이 하지 못하는 일을 겹쳐서 생각하던 중
차츰 아내님이 '왜 못 하는지'가 보이기 시작했다.

"이제야 내 기분을 알겠어?"

아내님의 말이 정말로 이제야, 서서히 강한 리얼리티를 띠고 내
안에서 번지기 시작했다.

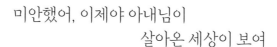

미안했어, 이제야 아내님이
살아온 세상이 보여

"이제야 아내님의 기분을 알았어!"

부부 공동으로 집안일을 해 나가며 겪은 시행착오는 성인 발달장애인 아내님을 이해하는 여행이자 고차뇌기능장애를 앓은 나에 대한 자기 관찰이기도 했다. 뇌경색 후의 나에게 남은 주된 장애는 주의력결핍장애, 수행기능장애, 작업기억 저하 그리고 정서장애였다. 말할 것도 없이 이들 장애의 이름 자체가 아내님이 어린 시절부터 떠안아온 부자유와 크게 오버랩됐다.

그렇다면 나 자신이 각각의 장애로 인해 '못 하게 되어 버린 것'을 고찰하고, 어째서 못 하게 되었는지를 생각하고, '그럼 어떻게 하면 할 수 있어지는가'를 아내님에게 적용하면 아내님도 그전까지는 못했던 일을 할 수 있게 될 것이다. '네오^{neo}' 아내님의 탄생이다! 또한 이런 시도는 동시에 나 스스로가 나에게 남아 있는 장애를 받아들이고, 그 부자유함과 괴로움을 완화하는 데 큰 도움이 되기도 했다.

일테면 주의력결핍장애. 물론 병을 앓기 전부터 취재 활동 속에서 발달장애에 관한 서적을 많이 읽고 연구자와 당사자를 취재하기도 했으니, 보편적 증례에 기반한 주의력결핍장애에 대한 사전 지식은 충분했다. 하지만 어느 정도 정형발달*이었던(일 터인) 내가 별안간 그 당사자의 입장으로 내몰려 보니 상상과 실제는 상당히 달랐다.

주의력결핍장애가 된 나에게 일단 가장 곤란했던 일은 찾는 물건이 안 보이는 것이었다. 지갑, 열쇠, 필기도구나 부엌용품 등. 하루에 물건 찾기에 허비하는 시간이 너무 많아서 갖가지 물건의 제자리를 새롭게 만들고 방의 각 장소에 소품 수납처를 증설하는 것으로 대책을 세웠다. 그런데 중요한 것은 그 찾는 물건이 발견되었을 때의 감각이었다.

그것은 지그시 보고 있으면 의미 있는 형체가 보이는 '이중 그림' '눈속임 그림'을 방불케 하는 감각이었다. 물건을 찾으려고 필사적으로 집중해서 책상 같은 데를 살펴봐도 찾는 물건은 보이지 않는데, 오히려 시선을 살짝 옆으로 돌리거나 곁눈질하던 눈을 원래 보던 곳으로 되돌리면 그 순간 '분명' 계속 찾아봤던 그 장소에서 '분명' 없었

● 발달장애가 아닌 사람들을 뜻하는 용어. typical development.

던 그 물건이 홀연히 시야에 나타나는 것이다.

　너무나 불쑥 나타나니까 나도 모르게 흠칫할 정도다. 더 신기한 것은 한 번 있다는 것을 알아차리면 그 물건은 계속 보인다는 사실이다. 그야말로 이중 그림을 보는 듯한 느낌이다. 이 '필사적으로 살펴봐도 눈에 보이지 않던 물건이 갑자기 나타난다'라는 생생한 체험을 하루에도 몇 번이나 거듭했던 일은 나에게 근원적인 이해를 안겨 주었다.

　사람에게는 시야에 들어오는 모든 물건이 보이는 것이 아니라 거기에 물건이 있다고 인식해야 비로소 '보인다'는 것이다. 그 감각을 적용하면 처음 만난 무렵부터 아내님이 보인 곤란한 행동도 새롭게 설명할 수 있었다.

　일테면 왜 아내님은 몇 번이나 주의를 줘도 음료 컵이나 가위 같은 날붙이를 책상 위에 그대로 두는 것인가? 또 왜 아내님은 놓여 있는 물건 위에 태연하게 앉는 것인가? 왜 물건 위에 물건을 겹쳐서 놓고 아래의 물건을 못 찾겠다고 야단인 것인가?

　그것은 그 물건이 '시야에 들어와 있지만 인식을 못 하고 있기' 때문이었다. 내가 "아내님, 엉덩이 아래에 뭔가 있지 않아?" "바닥에 두면 안 되는 게 있지 않아?" 하고 지적한 다음에야 그 물건이 아내님의 시야에 '불쑥 나타나는' 것이었다.

　마찬가지로 추론을 확장하자 내가 겪는 주의력결핍장애의 또 다른 증상인 '응시' 역시 아내님이 떠안고 있는 문제라는 것을 깨달았다. 주의력결핍장애라고 하면 보통은 '부주의함'을 상상할 것이다. 하지만 일단 시야에 들어온 사물이나 사람의 얼굴을 계속 물끄러미 바라보며 자력으로 그 주의를 거두어들이지 못해서 원래 해야 했을 일을 못 하게 되어 버리는 증상도 주의력결핍장애의 하나다. 뇌경색 직후의 내 경우에는 길을 지나는 사람과 눈이 마주치면 거기에 주의가 묶여서 상대가 시야에서 사라질 때까지 상대의 눈을 계속 응시하는 증상이 남았다.

원래 주의해야 할 것은 걸어가는 앞쪽인데도 보지 말아야 할 것에 주의가 묶여 내 힘으로는 해제하지 못하는 경험은 쇼킹하고 섬뜩했으며 '수상한 사람이 되어 버렸다'는 괴로운 기분도 느꼈는데, 이 또한 아내님이 일상에서 하는 행동으로 치환할 수 있었다.

아내님에게 그것은 무언가를 하려고 할 때 밥 달라고 우는 고양이 울음소리, 집 안에서 이동하는 중에 천장에서 움직이는 거미 군, 취침 준비를 하는 아내님 귓가에 울리는 켜져 있는 TV에서 흘러나오는 프로그램 오프닝송 같은 것들이었다.

이런 자극에 의해 아내님의 주의는 원래 신경을 써야 할 대상으로부터 모조리 벗어났다. 원래 봐야 했던 물건, 해야 했던 일이 아내님 안에서 날아간다. 아내님 안에서는 눈 깜짝할 사이에 시간이 흘러 약속 시간이나 취침 시간도 지키지 못한다.

그렇게 생각하니 아내님이 만들어 내는 카오스 방구석도 그 이유가 보였다. 그것은 어쩌면 주의를 빼앗는 물건이 수없이 넘쳐 나서

‘그 모든 것이 실제로는 보이지(인식되지) 않는’ 상황일 수도 있었다. 퇴원 후의 내 경우는 일단 ‘정리해야만 한다’라는 전제가 있었으므로 집 안에서 넘쳐 나는 물건 전부에 주의가 묶이고 불쾌감을 느꼈으며, 어떻게 하면 좋을지 몰라 패닉을 일으키고 말았다.

하지만 아내님의 경우는 일정 개수 이상으로 눈에 들어오는 물건이 늘어나면 오히려 모든 것을 인식하지 않게 되어 가속도적으로 카오스가 진행됐다. 책상 위에 음료를 마신 컵을 깜빡 잊고 하나 남겨 두면, 같은 책상에 역시 음료를 마신 컵이 연신 늘어나도 모조리 인식하지 못하는 상황인 것이다.

**

그렇다면 어떤 대책을 세울 수 있을까?

일테면 아내님의 식기 정리 건망증의 대책은, 식기를 식기장에 넣기 전에 임시로 두는 장소가 된 식탁 위에 주의를 앗아가는 것(책이나 조미료 등)은 남겨 두지 말고 최대한 물건이 없는 상태로 해 두면 어떨까? 실제로 해봤더니 아내님의 식기 정리 건망증은 놀라울 정도로 줄었다.

하지만 그러는 한편으로 테이블 위에 방치해 둔 물건 중에는 의외로 내 것도 많다는 사실을 깨달았다.

내 경우 테이블 위에 나와 있는 물건이 가지런히 정돈되어 있으면, 가령 책이라면 아래쪽부터 큰 순서대로 어느 정도 겹쳐져 있는 상태라면 '정리가 된' 것으로 간주했다. 하지만 아내님에게는 그 모든 물건이 놓여 있기만 해도 원래 집중해야 할 대상인 '정리할 식기'의 방해물인 셈이었다. 다시 한번 반성했다.

또 나는 뇌경색 이후 물건을 찾을 때 마음이 급하면 발견까지 걸리는 시간이 현저하게 길어졌다. 초조해하면 초조해할수록 실제로는 눈앞에 덩그러니 존재하는 그 물건을 인식하지 못하는 것이다. 그렇게 허둥지둥 물건을 찾고 있는 타이밍에 택배 기사의 방문을 알리는 벨소리가 울린 날이면, 어쩌면 좋을지 몰라 완전히 패닉에 빠져서 화장실로 달아나 집에 없는 척을 했던 적조차 있다.

서두를 때나 머리로 입력되는 정보량이 늘어나는 때일수록 주의력결핍장애는 악화된다는 교훈이다. 그렇다면 아내님에게 무언가를 부탁할 때도 시간의 제한은 두지 말고 작업이 끝날 때까지 말을 걸지 않아야 했다.

뭐야, 시야에 들어오는 물건을 줄이라거나 시간제한을 둬서 초조하게 만들지 말라거나 하는 것은 발달장애 아이들의 육아 관련 서적에 반드시 쓰여 있는 말이 아닌가. 하지만 어떤 물건이 '불쑥 나타나는' 느낌이나 초조하면 사고가 멈춰서 아무것도 생각할 수 없게 되는 괴로운 느낌은, 내가 그렇게 되어 보고 나서야 비로소 '어쩔 도리가 없는 것이다' 하고 이해했다.

지식으로 알고 있는 것과 본질적으로 이해하는 것의 차이를 통감하며 고찰을 거듭하고 대책을 강구해 나갔다. 나 자신이 겪게 된 대부분의 장애와 부자유가 아내님에 대한 이해와 가정의 개선 작업으로 다이내믹하게 전개되어 갔다.

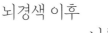

뇌경색 이후
　　　　나를 괴롭힌 것들

　덧붙여 뇌경색 이후의 나를 괴롭힌 부자유 가운데 아내님에게 가장 강한 '공감'을 얻은 것은 '부주의로 인한 실수'가 많아졌다는 점이었다. 이 문제는 업무와 사회로의 복귀가 더 깊이 진행될수록 빈번하게 일어났고 지금도 계속되고 있는데, 병을 앓은 후의 나는 정말이지 스스로도 믿을 수 없을 정도로 자잘한 실수를 연발했다.

　예를 들면 뇌경색을 앓은 후의 나는 거래처에서 미팅 일정에 관한 연락을 받고 그것을 태블릿 PC의 캘린더 앱에 쓸 때 토요일과 일요일을 혼동하거나 일주일을 몽땅 틀리게 쓰는 실수를 몇 번이나 거듭했다. 또 눈앞의 서류에 쓰여 있는 전화번호를 보면서 휴대폰의 번호를 눌러 통화를 하면 절반 이상의 확률로 틀린 번호였으며, 구두로 두 가지 의뢰를 동시에 받아 그 자리에서 메모를 했다고 생각했는데 하나밖에 안 쓰여 있는 경우도 속출했다.

그때마다 새파랗게 질려서 거래처나 폐를 끼친 상대에게 사죄하는 나날. 참고로 이는 '작업기억의 저하'라는 증상으로, 귀나 눈으로 들어온 정보를 단기적으로 뇌에 담아 두는 힘(파지력把持力이라고 한다)이 약해진 것이 원인이다. 일정을 듣고 캘린더에 쓰기까지의 잠깐 사이에 들었던 날짜의 기억이 날아간다. 눈앞에서 본 전화번호도 휴대폰에 입력하는 사이에 까먹고 만다. 구두로 들은 내용도 메모를 하기 전에 두 개 중 한 개를 까먹는다.

처음에는 정말이지 나조차 영문을 알 수 없어서 스스로를 몽땅 의심하고 싶어지는 체험이었는데, 그런 하루하루의 실수에 풀 죽어 있는 나에게 아내님은 크게 흥분했다.

"알아, 알아, 알아. 그거 완전 알아!"

"아내님, '알아'가 너무 많아."

"그야 난 어릴 때부터 계속 그랬는걸? 학교에서 선생님이 이거 해, 저거 해, 연달아 말하잖아? 그러면 처음에 하라고 한 것의 내용을 생각하는 사이에 다음 지시가 나오고, 두 번째로 들은 걸 생각하는 사이에 첫 번째가 뭐였더라 하게 되고, 그러는 사이에 벌써 세 번째 지시를 하거든. 그렇게 되면 이미 머릿속이 뒤엉켜서 선생님이 무슨 말을 하는지 알 수 없게 됐어. 당황하면 등에서 땀이 나고……."

'당황하면 등에서 땀이 나고.' 나도 완전 안다. 분명 평범한 일본어로 얘기하고 있는 상대의 말이 외계어를 하는 양 이해가 안 가서 상대가 그저 입을 움직이고 있다고밖에 인식하지 못하게 된다. 나랑 똑같다. 이번에는 내가 아내님에게 "완전 알아"를 연발할 차례였다.

또 작업기억의 저하와도 관계가 있겠지만, 발병 후의 내게는 복잡한 작업을 할 때 어디부터 손을 대야 할지 순서를 짜는 것이 힘들어지는 수행기능장애도 있었다. 전에는 분명 힘들지 않았던 오토바이 정비도, 타이어 교환처럼 몸이 기억할 정도로 손에 익은 작업은 가능했지만 전장품 교환이나 고장 난 곳을 특정하는 일 등 좀처럼 안 하던 작업을 하려고 하면 혼란에 빠져 우두커니 서 있게 됐다. 오토바이 정비는커녕 엉킨 헤드폰 줄을 푸는 작업조차 패닉을 일으켜 완수하지 못하게 되고 말았다.

작업이란 일단 관찰하고, 관찰한 것을 기억해서 그 뒤의 순서를 짜고, 실행으로 옮기는 것의 반복이다. 그런데 관찰한 순간부터 방금 관찰한 내용을 까먹어 버리고, 머릿속에서 순서를 세워 봤자 직전의 생각조차 망각해서야 복잡한 작업은 도저히 완수할 수 없다. 이것이 수행기능장애의 정체인데, 실제로 아내님도 순서를 짜는 일은 질색팔색한다.

작업기억이 떨어지는 것은 발달장애의 두드러진 특징 중 하나이기도 하다. 그렇다면 앞으로 아내님에게 집안일을 부탁할 때 어떻게 하면 좋을까? 내가 당사자가 되어 보니 개선책도 쉽게 떠올랐다.

드디어 터득한
아내님 작동법

띠~리~리~리~리리링~

비 내리는 오후에 세탁건조기가 놓인 탈의실에서 전자음 멜로디가 들려온다. 건조가 완료되었다는 알람이다.

마른 빨래를 정리하는 건 아내님 담당. 다이닝룸을 봤더니 아내님은 고양이를 무릎에 얹고 TV 앞에 있다. TV에 집중해 있어서 건조기의 종료 멜로디는 들리지 않는 모습. 그러면 지시를 하자.

"아내님~ TV 스톱. 게임 스톱. 잠깐 부탁할게~"

"그래~"

가까이로 불러서 일단 대기 상태로 만든다. 여기서 TV 앞에 있는 아내님에게 갑자기 "건조기 다 돌았어!"라고 말하는 건 안 된다. TV 시청 중이거나 게임 중인 아내님에게 불쑥 그런 지시를 하면 "여기까지만 다 보고"라는 대답을 듣거나, 게임 세이브 작업과 같은 지극히 짧은 순간에 부탁한 내용을 까먹을 가능성이 있기 때문이다. 아내님이 어떤 작업을 하고 있는 경우에는 우선 이렇게 하고 있던 작업을 중단시키고, 가까이로 부른 다음에 다시 구체적이며 간결한 지시를 하는 것이 성공 확률이 높다.

또한 주의가 잘 묶이는 아내님은 한번 시작한 작업을 중단하는 것이 아주 힘들기 때문에 부르고 잠시 기다리는 것은 어쩔 수 없다. 그래도 집안일을 부탁할 때는 의외로 애써서 작업을 중단해 준다. 기본적으로 아주 착실한 성격인 것이다. 우다다다 야옹.

"게임 끝냈어."

"고마워."

물론 부른 다음에 곧바로 "빨래 좀 정리해 줘"라고 하는 것도 좋지 않다. 지시는 첫 번째가 "탈의실의 건조기에서 건조가 끝난 빨래를 가져와 줘", 가져와 주면 "개어 줘", 그것이 끝나기를 기다렸다가 "제자리에 넣어 줘"다. 빨래를 정리하는 작업은 '가지고 와서 개어서 넣는' 세 가지 작업의 집합체이지만, 수행기능장애란 그 조합을 순서대로 기억해서 하지 못하게 된다는 뜻이다.

이런 일상적인 작업에 순서 따위 붙일 필요 없다고 생각하는 것은 비당사자의 오만. 제대로 지시를 내리지 않으면 아내님은 빨래를 다이닝룸으로 들고 온 뒤 다시 고양이랑 놀거나 개어 놓은 빨래를 다이닝룸 한가운데에 쌓아 올린 채 TV 앞으로 돌아가 버린다(이것은

90퍼센트의 확률로 저지르는 일이다).

　수학에서 배우는 약분처럼 철저하게 더 이상 나눌 수 없을 때까지 작업을 잘게 나누고, 그 순서대로 하나의 작업이 끝나면 다음 작업을 하는 식으로 적확한 지시를 준다. 작업 중에 다음 작업이나 다른 부탁은 결코 하면 안 된다. 이것이 철칙이다.

　발병 전의 나라면 하나하나 지시를 주는 게 더 귀찮다며 내가 하는 편이 빠르다고 판단했을 것이다. 하지만 일단 이 루틴에 익숙해지면 나는 아내님이 작업하는 도중에 다른 일을 할 수 있으니, 아내님이 작업에 시간을 얼마나 들였든 결과적으로 더 많은 일들을 할 수 있다는 것을 깨달았다. 이제까지의 인생에서 내내 "내가 하는 편이 빨라" 하고 잘난 척 말해 왔지만, 하루의 집안일 총체를 보면 결국 '부탁하는 편이 빠른' 것이다.

　그리고 이런 궁리를 하면서 아내님에게 배운 점도 있었다. 바로 '장애의 수용'이다.

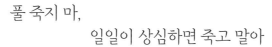

풀 죽지 마,
　　　일일이 상심하면 죽고 말아

　어느 날 나는 장을 봐와 달라고 아내님에게 부탁할 때 쇼핑 메모
에 한 가지 꾀를 더해 봤다. 아내님이 가는 식료품점 내부의 배치를
고려해 야채는 야채끼리, 고기류는 고기류끼리, 건조식품과 조미료
도 그것들끼리 모아서 매장 안에서 팔고 있는 장소 순으로 메모를
써 본 것이다. 이에 더해 빨간 펜과 함께 메모를 건넸다. 상품 하나를
바구니에 담을 때마다 선을 긋고 품목을 지워 나가면 까먹고 안 사
는 일은 없어지겠지.
　"다녀오겠습니다~"
　"조심해서 다녀와."
　"다녀왔습니다~"
　"왔어?"

얼른 장바구니를 열어서 아내님과 공동 작업을 시작한다. 냉장품이나 건조식품 등을 넣는 것은 나의 작업이고, 아내님은 냉동할 고기류 등을 쓰기 편한 분량으로 계량해서(가령 소고기와 돼지고기 혼합육이라면 80g이라든가) 랩으로 싸는 작업이나 장바구니를 깔끔하게 접어서 넣는 작업을 담당한다. 그런데…….

"아내님, 돼지고기 자투리육은?"

"응? 없어?"

없는데요. 가지고 돌아온 메모를 보여 달라고 했더니 어째서인지 까먹고 안 산 것이 분명한 돼지고기 자투리육에 빨간 줄이 선명하게 그어져 있다. 대체 아내님에게 무슨 일이 일어난 것인가!

마트에서 아내님이 했을 법한 행동을 상상해 봤다. 정육 코너를 걷던 아내님은 돼지고기 자투리육을 상품 선반에서 발견했다. 메모를 꺼내어 빨간 선을 긋고, 다시 어느 회사 제품을 살지 어느 사이즈의 팩으로 할지 고르기 시작했다. 그러나 그때 다른 상품에 주의를 빼앗겼거나 쓸데없이 소리가 큰 매장 내 안내방송이라도 흘러나왔다면 돼지고기 자투리육을 사는 것을 까먹었을 터다.

아, 알지, 알아. 그 마트 시끄럽잖아. 큰 소리가 울려 퍼지면 뭘 찾던 중이었는지 까먹게 되지…….

지금이라면 안다. 병을 앓은 뒤의 나 역시 같은 행동을 했을 가능성이 농후하다. 대책으로 '상품을 바구니에 담은 뒤'에 빨간 선을 긋는 습관을 들이자고 생각하고 있는데 현관으로 향하고 있는 아내님이 보였다.

"미안~ 다시 한번 다녀올게."

"됐어. 다음에 사 와."

"응? …… 다이스케, 징그러워."

갑자기 무례한 녀석이로구나. 어째서?

"화 안 내는 거 징그러워. 병 생기기 전이었다면 나 엄청 혼났을 거야."

"그런가…… 그랬겠지. 미안해. 아니, 그보다 아내님은 상심하지 않아?"

"왜?"

'왜'가 아니잖아? 꼼꼼하게 쓴 메모를 들고 나가서 빨간 펜으로 체크까지 했건만 사는 것을 까먹는다. 물론 그럴 수밖에 없는 이유는 있다. 하지만 뇌경색 이후의 나는 업무상 같은 실수를 몇 번이나 거듭할 때마다 '난 어쩌면 이다지도 쓸모없는 녀석인가' 하고 연신 상심했다. 아내님은 나처럼 풀 죽지 않는 것일까?

내 질문을 들은 아내님은 평소처럼 초연하게 말했다.

"전혀 상심하지 않는데?"

"진짜……?"

"그야 난 어릴 때부터 쭉 그랬으니까. 그런 걸로 일일이 상심하면 죽고 말아. 다이스케도 마찬가지야. 사소한 걸로 하나하나 침울해하지 마. 그게 장애니까 어쩔 수 없잖아. 다이스케는 병을 앓은 뒤에도 나에 비하면 할 수 있는 게 잔뜩 있는걸."

"진짜야⋯⋯?"

가슴이 뜨겁고 욱신거렸다.

아니, 지금은 초연한 아내님이여. 나는 '일일이 상심하던' 시기의 그대를 알고 있다. 그 손목에 남은 무수한 상흔이 증거가 아닌가. 나고 자란 가정의 가족에게도, 배우자인 나에게도 자신의 장애를 이해받지 못하고 계속 질책당해 온 그대가, 그때마다 상심해서 '난 구제불능이야' 하며 스스로를 비난했던 과거의 증거.

하지만 과거는 지나갔다. 아내님 말처럼 못 하는 건 못 하는 것, 어쩔 수 없다. 일일이 풀 죽어 있으면 오히려 할 수 있는 일까지 못 하게 되고 만다.

눈앞에 고통을 극복하고 자신의 장애를 받아들인 대선배가 있었다.

인간은 망각의 동물, 그래도
울렁이는 잊지 않을게

고차뇌기능장애 당사자로서 아내님의 도움을 받으며, 나의 장애를 토대로 성인 발달장애인 아내님을 이해하고 가정을 개혁해 나가는 나날. 2인 3각의 시행착오를 반복하는 와중에도 나의 장애는 조금씩 서서히, 정말로 천천히 완화·해소되어 갔다.

그런데 여기서 스스로도 어처구니가 없는 것은 당사자로서의 괴로움을 맛봄으로써 아내님을 비롯한 '부자유한 사람들'의 심정을 본질적으로 이해할 수 있게 되었지만, 나의 장애가 완화되어 감에 따라 그 부자유의 기억과 당사자 감각이 놀라운 속도로 사라졌다는 사실이다.

그전까지 사회적 약자 취재와 집필 활동을 할 때도 "눈에 보이지 않는 고통에 대한 상상력 결핍이야말로 해소되지 않는 양극화 사회의 원흉!"이라고 격렬하게 주장해 온 내가, 불과 얼마 전까지 자신을 괴롭혔던 고통의 감각을 잊고 말다니. 당사자 감각이란 이리도 취약한 것인가 싶어 어처구니가 없었다.

　뇌경색과 고차뇌기능장애 체험은 정말로 괴로웠지만 분에 넘치게도 아내님의 전면적인 지원을 받을 수 있었던 나는, 진심으로 뇌경색을 일으켜 다행이라고 생각했고 병을 앓기 전의 성격으로 돌아가고 싶지 않았다. '뒷간 갈 적 마음 다르고 올 적 마음 다르다'라고들 하지만 나는 뒷간에 다녀온 뒤에도 '갈 적 마음을 잊지 않겠다'고 스스로 굳게 맹세했다.

　'괜찮아? 본인의 장애가 완화되었다고 아내님의 마음을 다시 몰라주고 있는 건 아니야?' 그렇게 스스로에게 연신 물어보는 날들. 하지만 한편으로는 내 장애가 어느 정도 완화된 뒤에야 겨우 알아차린 아내님의 괴로움도 있었다.

　그것은 뇌경색 발병으로부터 1년 반 넘게 지난 어느 봄날의 토요일. 나와 아내님은 사소한 일을 계기로 오랜만에 싸웠다. 연애 초기부터 아내님에게는 가끔 상대의 입장에 서서 무언가를 생각하는 게 서툰 면이 있었는데, 그날 싸움의 씨앗이 바로 그것이었다.

　"아내님, 다음 달 ○일 일요일에 K 씨, T 씨랑 밥 먹으러 갈 거야."

　"뭐? 그날은 R 씨네랑 만나기로 하지 않았어? 왜 R 씨네를 우선하지 않아?"

　"그래도 지금은 K 씨가 먼저지."

"R 씨도 중요하잖아."

이 대화만으로 나는 감정이 격해지고 말았다. 왜냐하면 K 씨는 시한부 선고를 받은 말기 암 환자였고, 그 사실은 아내님도 분명 알고 있었기 때문이다. 무척 바쁜 T 씨와 말기 암 환자인 K 씨를 함께 만나 밥을 먹을 기회는 이때를 놓치면 다시는 오지 않을지도 몰랐다. R 씨도 중요한 지인이지만 아무리 생각해도 우선순위는 K 씨에게 있다. 왜 그 마음을 몰라주는 걸까. 감정이 폭발했다.

"됐어. 그만두자."

"하지만 R 씨네도 중요하잖아."

"그러니까 이제 됐다고! K 씨는 내년 이맘때쯤이면 살아 있지 않을지도 몰라. 몰라줄 거면 이제 됐어."

그렇게 쏘아붙인 뒤 나는 아내님의 얼굴도 보지 않고 일어서서 울적함을 떨치려고 부엌일 같은 것을 시작해 버렸다. 이렇게까지 매정한 태도를 취한 건 병을 앓은 이후로 처음이었지만, 남은 생이 얼마 남지 않은 K 씨와의 만남이 귀하다는 것을 이해해 주지 않는 아내님에 대한 짜증이 다른 감정을 압도했다. 아내님으로 말할 것 같으면, 다이닝룸의 문을 쾅 닫고 침실로 직행했다. 우다다다 아내님을 따라 침실로 올라가는 고양이들.

아내님의 명예를 위해 덧붙이자면, 아내님은 남의 기분을 모르는 사람이 아니다. 시시하기 짝이 없는 오래된 영화를 보고 훌쩍훌쩍 울기도 하는 인정 넘치는 사람이다. 그저 대화를 주고받을 때 생각이 좀 부족한 듯 느껴지는 충동적인 발언을 곧잘 해 버리는 면이 있지만 그것도 장애의 일종이라고 생각한다. 한데 이날은 그걸 알고 있긴 했으나 내가 화를 내고 말았다.

1시간 경과. 맑게 갠 토요일 오후. 부엌일을 말끔히 끝내고 화를 냈던 일도 완전히 잊어버린 나는 다이닝룸에서 인터넷으로 음악 동영상을 보기 시작했다. 하지만 아내님은 여전히 침실에서 내려오지 않고 있었다.

2시간 경과. 슬슬 아내님이 내려오지 않으면 모처럼 날씨 좋고 일정 없는 토요일에 외출도 못 한다.

3시간 경과. 창밖은 슬슬 노을이 지고 있다. 생각해 보면 아내님이 일어나자마자 싸웠으니 아무것도 안 먹고 침실로 돌아간 채다. 하지만 내가 먼저 사과하러 갈 마음도 들지 않았다.

4시간 경과. 슬슬 해가 진다. 2층의 침실에 가자 침대 위에서 이불을 뒤집어쓰고 스마트폰을 보고 있는 아내님과 고양이들이 있었다.

"저기, 밥 안 먹으면 몸이 안 좋아질 텐데."

"필요 없어."

"지금이라도 어디 나갈까?"

"됐어…… 내버려 둬."

들릴락 말락한 목소리로 무뚝뚝하게 대답하는 아내님에게 나도 모르게 한숨이 새어나왔다.

"있잖아, 내가 왜 화났는지 알지? 나한테 K 씨가 얼마나 소중한 사람인지 알잖아. 난 화날 수밖에 없었어."

"……"

또야……. 나는 치받는 짜증을 삼키며 고양이들과 함께 다이닝룸으로 내려와 사료를 줬다. 또 이 패턴이다. 함께 산 지 18년, 아내님이 잘못한 것에 대해 내가 화를 내서 싸움이 일어나면 내가 싸움을 그만하고 싶어도 아내님이 이렇게 마음이 상한 채 '장시간 적반하장' 순서에 돌입해서 다툼이 심화되는 일이 몇 번이나 있었다. 연애 초기에는 이것을 이유로 헤어지려고 생각한 적조차 있다.

얼마나 집요한 성격인지. 하지만 아무리 생각해도 나는 잘못한 게 없다. 그전까지는 이렇게 적반하장으로 나오는 아내님에게 결국은 내가 굽히고 사과하는 일이 반복되어 왔다. 그렇게라도 하지 않으면 아내님은 다음 날도 그다음 날도 며칠씩 마음 상한 채로 있었기 때문이다.

식사도 거부해서 위통이 시작되고, 그로 인해 일주일 내내 컨디션이 나쁜 것이 이런 싸움의 뒷맛 씁쓸한 전형적인 결말이었다.

그래도, 그래도, R 씨 건은 도저히 납득이 안 된다. 결국 그날 밤 아내님이 화장실 용건인지 뭔지로 다이닝룸에 내려온 타이밍에 내가 엇갈려서 침실로 갔고, 우리는 화해하지 않은 채 다음 날을 맞이했다. 다음 날 점심때가 되어도 아내님은 침실에서 내려오지 않았다. 그날도 맑게 갠 일요일이었다.

＊
＊＊

　　우리 둘의 분위기가 험악해진 뒤로 거의 24시간. 아내님이 없는 조용한 일요일의 다이닝룸에서 나는 문득 어떤 것을 깨닫고 심장이 욱죄는 느낌을 받았다. 뇌경색 이후 나를 괴롭힌 후유장애 가운데 '부정적인 감정에의 구애'라는 것이 있었다.

　　원래 나는 스스로에게 불쾌한 일은 적극적으로 생각하지 않고, 간단히 잊을 수도 있는 인간이었다. 그런데 뇌경색 이후의 나는 완전히 반대가 됐다. 싫은 사람에 대해서나 싫은 경험을 한 기억을 머릿속에서 몰아낼 수 없어서, 밥을 먹고 있어도 산책을 하고 있어도 문득 정신을 차리고 보면 그 부정적인 일만 생각했다. 게다가 그 싫은 사건이 몇 개월 전의 일이라 해도 내내 머릿속에서 빙글빙글 돌다가 사소한 계기로 떠오르면 마음이 납처럼 무거워졌다.

　　이런 증상은 나 이외의 고차뇌기능장애 당사자가 쓴 여러 수기 등에서도 확인할 수 있었으니, 후유장애로서는 어느 정도 보편적인 것이라고 생각한다. 그런데 고차뇌기능장애에 대해 전문성 높은 의사가 쓴 책을 읽어도, 이 증례는 '사회적 행동장애의 하나'라는 식으로 언급만 되고 원인의 고찰로까지 파고든 연구는 볼 수 없었다.

　　당사자 입장에서는 이 증상이 정서억제장애와 주의력결핍장애가 합쳐진 것이라고 쉽게 추론할 수 있었다. 이는 희로애락의 억제가 힘들어진 것(탈억제)과 한번 주의가 쏠린 대상에 꼼짝없이 사로잡혀 자기 힘으로는 그 주의를 거두어들일 수 없는 증상의 더블 콤보였다. 전문의들이 이에 대해 추론도 언급도 하지 않는 것이 매우 유감스러웠던 이유는, 그 부정적인 감정에 구애되고 있는 상태인 당사자(나)는 그때까지의 인생에서 경험한 적 없을 정도의 괴로움을 겪기 때문이었다. 이 증상이 규명도 조처도 되지 않고 있다는 점이 무엇보다 아쉬웠다.

여하튼 예전에는 무사태평했던 나는 불쾌함이나 짜증과 같은 부정적인 기분을 전환시키지 못하는 고통을 병에 걸리고서야 비로소 알게 되었다. 체험한 적 없는 일이니만큼, 그것은 처음 맛보는 괴로움과 쓰라림이었다.

감정을 청각으로 바꿔 말하자면 귓가에서 칠판을 손톱으로 할퀴는 소리가 끝없이 계속 들리는데 귀를 막지도 그 자리를 떠나지도 못하는 상태. 후각으로 바꿔 말하자면 좁고 어둡고 불결한 화장실에 갇혀 있는데 안에서 몸을 묶여 꼼짝도 못 하는 상태…랄까.

여태까지 내가 괴로워하는 사람에게 던졌던 "그건 마음먹기에 따라 달라져" "생각하는 걸 한번 멈춰 보면 어때?"와 같은 말의 무신경함과 잔혹함을 깨닫고 과거의 자신을 저주했다. 마음먹기라고 하지만 마음을 어떻게 먹는지 그 방법을 모르는 것이다. 자기가 자기 자신을 컨트롤하지 못하는 것은 이다지도 괴로운 일이다.

내 경우 다행히도 이 장애는 시간의 흐름에 따라 서서히 해소되었다. 그런데 잠깐, 아내님은 어떨까? 아내님에게는 주의가 묶이는 일도 있고 정서를 억제하기가 다소 어려운 면도 있다. 그렇다면 어제부터 침실에 틀어박혀 단식 투쟁을 하고 있는 아내님은, 그 병을 앓은 뒤의 나와 마찬가지로 기분을 컨트롤하지 못하는 끔찍한 고통을 겪고 있지 않을까?

추론이라기보다는 강한 확신에 가슴을 욱죄는 듯한 충격을 받았다. 틀림없다. 아내님은 지금 괴로움에 발버둥 치고 있을 것이다. 얼마나 잔혹한 짓을 한 것인가. 나도 모르게 붉어지는 눈시울로 한달음에 침실로 뛰어 올라가 침대 위에서 역시 고양이와 함께 이불을 뒤집어쓰고 있는 아내님 옆에 앉았다.

"아내님, 혹시 화난 게 아니라 괴로운 거야?"

"…… 응."

과연 그랬다.

"나 깨달았는데, 내가 병에 걸리고 열 달 정도 부정적인 감정을 멈출 수가 없어서 괴롭다고 계속 말했잖아? 그거 엄청 힘들었는데, 쭉 생각해 보니까 어제부터 아내님이 같은 상황이 아닐까 해서."

"응…… 맞아."

어제부터 계속 가만히 내버려 두라던 아내님에게서 처음으로 제대로 된 반응이 나왔다. 쥐어 짜내는 듯이 괴로운 목소리였다.

마찬가지로 내가 부정적인 감정에 사로잡혀서 패닉을 일으키며 씩씩댈 때 아내님은 무엇을 해 주었던가. 그렇다, "오늘은 울렁이야?" 하면서 등을 어루만져 줬다. 이 '울렁이'란 아내님이 만든 말인데, 이유를 알건 모르건 어쨌거나 마음이 울렁거려 질식할 것 같고 괴로워서 견딜 수 없는 상태를 뜻한다. 괴로움을 설명할 수도 없는 상태였던 나에게 '울렁이'는 그 한마디로 괴로움을 나타낼 수 있는 단어로서 아내님이 선사해 준 것이었다.

그리고 내가 '울렁이'일 때 그 괴로움에서 벗어나는 방법은 분명 단 하나, 아내님이 등을 어루만져 주는 것뿐이었다. 그렇게까지 해서 나의 괴로움을 내내 보살펴 준 아내님에게 나는 이 24시간 동안 무슨 짓을 했던 건가.

"알아주지 못해서 미안해. 계속 힘들었지. 아내님도 울렁이가 멈추지 않는 거지?"

"응······."

아내님의 등을 어루만지자 약간 쌀쌀할 정도의 기온인데도 땀이 흥건히 배어나와 있었다. 필사적으로 감정을 억누르려고 하면 등에서 땀이 난다는 것도 내가 병을 앓고 처음으로 안 사실이었다. 아내님에게 얼마나 괴로운 24시간을 떠안긴 것일까. 후회로 눈앞이 캄캄해졌다. 그리고 조금이라도 아내님이 편해지기를 바라며 등을 계속 어루만졌다.

"나, 장애가 점점 낫고 있지만 어떻게든 내가 당사자였을 때의 느낌을 잊지 않기 위해 노력할게. 병을 앓기 전의 나로 돌아가고 싶지 않다고 진심으로 생각해. 정말 미안. 괴로웠지?"

"응······."

"이제 절대로 같은 짓 안 할게. 약속해."

"응…… 나도 미안해."

"아내님이 사과할 거 없어."

"……배고파."

그야 배도 고프겠지. 고작 24시간 만에 나는 이렇게나 아내님을 기진맥진하게 만들고 말았다.

그로부터 얼마간 아내님의 정서에 대해 계속 생각했다. 아내님의 어린 시절 이야기나 나와의 생활을 되돌아보니, 아내님에게는 접촉하는 사람의 감정에 영향을 크게 받는다는 약점이 있는 것 같았다. 싸우는 사람들 옆에 있거나 내가 아내님이 아닌 누군가나 무언가에 대해 불쾌해하거나 짜증을 내기만 해도 심하게 영향을 받았으며, 어째서인지 아내님 자신이 기분 나빠하거나 이유도 없이 자기 탓은 아닐까 자책했다. 외출했을 때도 생판 모르는 사람이 성내는 목소리나 욕설 등에 과도하게 반응하는 모습을 몇 번이나 봤다.

그리고 일단 부정적인 사고 모드로 들어간 아내님은 웬만해서는 자력으로 그 정신 상태에서 빠져나오지 못해, 내내 마음이 술렁거리는 괴로운 상태가 이어졌다. 설령 자신이 잘못했다고 생각하더라도, 어떻게 사과하면 좋을까 등을 궁리하는 사이에 머리가 혼란해 패닉을 일으켜서 그것을 말로 표현하지 못했다. 이럴 때의 아내님은 겉보기에는 '사과해야 하는 상황에서 입을 다무는 불쾌한 적반하장'이지만, 실제로 아내님 머릿속에서는 혼란한 사고와 맹렬한 마음의 고통이 소용돌이치고 있었다.

또한 이런 외적 요인이 없으면 아내님이 스스로 불쾌해지는 경우는 거의 없었다. 그런 대범하고 낙관적인 성격의 아내님이 유일하게 사나워질 때는 고통이 꽤 오래 지속되는 생리 기간뿐이다. 한 달에 한 번인 이 기간에는 아내님이 상당한 폭군이 되어 시종일관 언짢아하고 화풀이도 장난이 아닌데, 그 감정의 구애로 인한 괴로움을 맛본 지금이라면 나도 대충 이해할 수 있다.

"아내님이 생리 전에 언짢은 것도 역시 마음이 괴로운 상태야? 술렁거려서 기분이 컨트롤 안 되는 거 말이야."

"맞아. 엄~청 괴로워. 하기 싫은 말을 해 버리고, 말한 뒤에 미움받으면 어쩌나 싶어도 사과를 잘 못하겠고, 엄~~~청 괴로워."

그렇다고 한다. 미안합니다. 18년이나 함께 살았는데 그 괴로움을 전혀 알아주지 못해서. 아니, 아내님뿐만 아니라 40여 년의 인생에서 만난 여성 여러분. 알아주지 못해서, 제멋대로인 사람들이라고 생각해서 죄송합니다. 자기 힘으로 마음을 컨트롤하지 못하는 것이 그렇게 괴로우리라고는 생각지 못했습니다.

이 깨달음과 반성으로, 뇌가 망가진 우리 부부의 가정개혁도 최종 단계로 돌입했다.

아내님과 둘이서
　　　요리할 수 있게 되다

드디어 아내님과 나의 가정개혁도 최종 단계에 들어섰다.

성인 발달장애인 아내님과 함께 살아가는 데 있어서, 나의 뇌경색 발병 전부터 발병 후까지도 가장 부담되었던 건 역시 뭐니 뭐니 해도 취사와 일의 양립이었다. 셀프케어(자가돌봄)에 서투르다기보다 셀프니글렉트(자기방임)에 가까운 아내님은 먹는 것에 대한 관심이 매우 희박하고, 자잘한 호불호는 있지만 이른바 '10년 뒤의 몸은 지금의 식사가 만든다'라는 식의 사고방식과는 거리가 멀었다. 게다가 생활하는 시간이 미묘하게 어긋나 있는 우리 집에서는 최악의 경우 하루에 여섯 번 취사를 위해 부엌에 서야 했기에 나는 내내 압박을 받아왔다.

'아내님과 함께 요리할 수 있게 된다.' 이것이 가정개혁의 마지막

미션이었다. 물론 이 세상 부부 중에는 둘 다 먹는 것이나 건강에 무
관심해서 외식이나 즉석식품 중심으로 끼니를 때우는 사람들도 적
지 않을 것이다. 하지만 아내님은 재발률이 매우 높고 재발 후의 예
후가 절망적인 뇌종양이라는 폭탄을 껴안고 있고, 내가 앓았던 뇌경
색도 결코 재발률이 낮은 병은 아니므로 식생활 관리는 반드시 필요
했다.

　하지만 사실 나의 뇌경색 이후의 취사에 관해서는 아내님에게 조
금 실망했던 기억도 있다. 나 자신이 장애 당사자라는 인식을 토대
로 아내님의 장애에 대한 유추를 갓 시작한 무렵인 퇴원 직후. 나는
아내님에게 이렇게 말했다.

　"여태까지 줄곧 집안일이랑 바깥일을 도맡아 온 게 힘들어서 쓰
러진 것 같아. 앞으로는 아내님이 세끼를 맡아 줘."

　지금이라면 절대 불가능한 부탁이라는 걸 알고, 실제로 아내님의
대답도 애매했다. 일단 퇴원 후의 '양보할 수 없는 부탁의 교환'으로
서 편한 시간에 자고 편한 시간에 일어나는 것을 제시한 아내님은
아침형 인간인 나의 아침 식사 시간에는 일어나지 않았다. 설령 일
어났다 해도, 머리가 제대로 돌아갈 때까지 오랜 시간이 필요한 아
내님을 아침 7시에는 일을 시작하고 싶은 내가 기다릴 수 있을 리도
없었을 것이다.

　결국 퇴원하고 몇 주일 뒤 "저녁밥 한 끼만 아내님이 만들어 줘"로
타협했고, 곧이어 "저녁 식사 반찬 하나만 맡아 줘"까지 타협이 진행

됐다. 하지만 역시나 아내님은 내 배가 꼬르륵거리는 저녁 시간이 되어도 자발적으로 부엌에 서지 못했다.

하지만 이제 이해할 수 있다. 못 하는 게 당연하다. 많은 집안일을 아내님과 공동으로 소화해 나가는 가운데, 아내님이 못 하는 이유가 '왜 못 하는지를 이해하지 않는' 내 쪽에 있다는 것을 뼈아프게 깨닫게 되었다.

갖가지 부자유를 껴안고 있는 아내님에게 "밥 해줘"라는 지시(부탁)는 너무 투박해서 구체성이 없었다. "저녁밥만이라도 만들어 줘"나 "반찬 한 종류 만들어 줘"와 같이 표현을 바꿔도 그 난이도는 전혀 달라지지 않았다.

병을 앓은 뒤의 내가 깨닫고 배운 것은 이랬다. 우선 부부 사이의 집안일 주도권은 그 일이 필요한 쪽이 쥐고 다른 쪽에게 도움을 청한다. 부탁하는 작업은 철저하게 잘게 약분하고, 한 번에 하나의 지시만 내린다. 그 작업이 끝날 때까지 다음 지시를 내리지 않는다. 하나하나의 작업에 감사한 마음으로 답한다. 이 철칙에 더해, 우리 집의 경우 두 사람의 특기 분야가 정반대이기에 나는 내가 귀찮다고 생각하는 작업을 아내님에게 부탁한다.

**

그럼 이 철칙을 매일의 취사에 적용하면 어떨까? 우리 부부의 가정개혁 최대의 미션인 공동 취사 계획이 드디어 시작된 것은 나의 뇌경색 발병으로부터 1년이 넘게 지난 후였다.

어느 날 저녁, 이른 아침부터 일해서 하루 업무의 대부분을 마친 나는 아내님을 부엌으로 불렀다.

"아내님~ 저녁밥(아내님의 점심밥) 준비 도와줘~"

"라저리코~(알았어)."

부엌에 온 아내님에게 먼저 묻는 것은, 내가 파악하고 있는 냉장고 속 식재료로 만들 수 있는 품목 가운데 뭐가 먹고 싶은지다. 그 재료로 뭘 만들 수 있는지를 생각하는 건 아내님이 잘하지 못하는 분야라서 일단은 먼저 후보 몇 개를 내가 말해 주고 아내님에게 정해 달라고 한다. 이거랑 그거, 저거 만들 수 있고요, 요것도 만들 수 있어요. 어쩔까요?

"그럼 햄버그랑 감자 샐러드 먹을래~"

좋아! 그럼 아내님이여, 부디 도와주시기 바랍니다.

"아내님, 냉장고에서 혼합육 꺼내 줘."

아내님이 냉장고에서 꺼내 온 혼합육 80그램은 구입 후 아내님이 본인 담당의 일로서 계량해 소분한 것이다.

"그럼 그걸 전자레인지로 전부 해동해 줘."

"8번 버튼이야."

지시를 하면서 나는 볼과 달걀을 테이블로 꺼내고, 다진 고기를 전자레인지에 넣어 모드를 삑삑 선택하는 아내님에게 다음 지시를 한다.

"감자랑 양파를 가져와 줘. 감자랑, 양파."

두 번 말하는 이유는 두 가지를 동시에 부탁하면 하나를 까먹기 때문이다. 즉시 복도의 야채실에서 감자와 양파를 가져오는 아내님에게 "이제 그거 껍질 까 줘"라고 지시. 그 사이 나는 볼에 달걀과 조미료와 빵가루를 넣고 프라이팬을 가스레인지에 올린다.

싱크대에서 야채 껍질을 까는 아내님 옆에서 나는 껍질을 벗긴 야채를 받아 양파를 다져서 볼에 넣고, 감자를 썰어서 실리콘 스티머(전자레인지로 야채를 익힐 수 있는 냄비 모양의 그것)에 넣는 컨베이어 시스템.

그 타이밍에 혼합육 해동 종료. 나의 지시와 아내님의 작업이 맞물려 돌아가기 시작한다. "전자레인지에서 혼합육 가지고 와 줘", 해동된 다진 고기를 볼에 넣고 섞으며 "실리콘 스티머를 전자레인지에 넣어 줘" "7번 '뿌리채소 삶기'로 돌려 줘" "빵가루를 건조식품 보관하는 곳에 넣어 줘" "남은 감자를 랩으로 싸서 야채실에 넣어 줘" "그 김에 햄 꺼내 줘" "오이 꺼내 줘".

아내님이 쉴 새 없이 움직이는 가운데 나도 손을 끊임없이 놀리며 양파와 다진 고기를 볼의 달걀과 조미료에 섞고 치대서 모양을 잡고 예열한 프라이팬으로 굽기 시작! "아내님, 타이머 8분", 이런 것까지 부탁한다. 햄버그를 굽는 사이에 오이를 다져서 소금에 무치고, 실리콘 스티머로 익혀 둔 감자와 햄, 다진 양파와 합쳐서 간을 하니 감자 샐러드도 완성.

여기다 사전에 아내님이 소분해서 냉동해 둔 흰밥(물론 밥을 지은 것은 나) 해동을 부탁하고 냉장고에서 전에 만들어 둔 톳무침과 나물 등을 꺼내면 짝짝짝, 햄버그가 다 구워진 것과 동시에 모든 반찬이 식탁에 차려졌다.

"아내님, 고마워."

"천만에 만만에. 도움이 됐나?"

"월급을 주고 싶을 정도예요."

진심이다. 도움이 된 정도가 아니다! 취사 경험이 있는 사람이라면 알겠지만 요리에 있어서, 특히 햄버그처럼 맨손을 쓰는 조리를 할 때는 작업을 바꿀 때마다 더러워진 손을 씻고 손의 물기를 닦는 수고나 냉장고나 수납고에서 식재료를 꺼내고 넣는 작업이 품의 대부분을 차지한다.

그런데 이런 작업의 대부분을 아내님이 해 줌으로써 내가 담당하는 건 실질적으로 '칼질·가열·양념 그리고 순서 정하기와 지시'뿐. 거의 가스레인지와 도마 앞에서 움직이지 않고 요리를 완성하니 수고는 절반이요, 시간은 70퍼센트 정도로 조리가 끝나는 느낌이었다.

아아, 기진맥진한 몸과 마음으로, 도와주지 않는 아내님의 존재를 등 뒤에서 느끼며 부엌에서 화를 삭여야 했던 그전까지의 취사는 무엇이었단 말인가. 그 카오스 같은 연립주택에서 갓 만든 카레와 함께 날아가 깨진 '애프터눈 티'의 값비싼 접시는 무엇이었단 말인가.

이렇게나 우수한 조수가 곁에 있다는 사실도 모른 채, 정말이지 나는 무엇을 해 왔던가!

우리가 부엌에서 일으킨 것은 케미스트리. 특기 분야가 다른 부부가 일으킨 '취사적 화학 반응'이었다. 그런데 놀라운 것은 그뿐만이 아니었다.

매일 아내님과 함께 요리를 하는 가운데, 아내님은 학습과 발달을 거듭해 나갔다. 가령 햄버그를 만든다고 하면 아내님은 내가 아무 말 하지 않아도 양파를 가져오고 다진 고기 해동을 시작하게 되었다. 오코노미야키를 만든다고 하면 달걀과 볼과 요리용 저울을 스스로 준비하고 "밀가루는 60g이었지?" 하며 확인했다.

그보다 먼저, 내가 요리 준비를 시작하면 아내님은 그때까지 하고 있던 독서나 게임 등을 멈추고 내 근처에서 지시를 기다리는 태세에 돌입하게 되었다. 빨래도 내가 빨아서 말리고 걷는 것까지 해 두면 알아서 개어 옷장에 넣어 뒀다.

아내님은 명백하게 진화하고 있었다. 물론 하고 있는 작업을 보면 역시 대충 하지 못하는 성격 때문에 지나치게 공을 들여서 시간은 든다. 하지만 부탁했는데 못 하는 일은 별로 없었다. 이런 아내님을 보던 중, 과거 아내님을 둘러싸고 있던 몰이해의 진짜 의미를 깨달았다.

노력하는 양이
평등해진 걸로 충분해

아내님은 어린 시절부터 요령 나쁘고 시간이 걸리는 자신의 작업을 전적으로 부정당했고, 장모님과 나로부터 "내가 하는 편이 빨라"라는 말을 들으며 하던 일을 빼앗겨 왔다. 하지만 빼앗겨 버리면 언제 그 작업을 익힐 수 있단 말인가.

그것은 단순히 작업을 빼앗긴 게 아니었다. 한층 잔혹하게도 '발달과 학습의 기회를 빼앗긴' 것이었다. 빼앗기면서 또한 아내님은 '구제불능=학습도 발달도 안 되는 아이'라는 말을 들었고, 스스로도 자신을 '쓸모없는 아이'라고 쭉 생각해 왔다. 그것이 얼마나 무도한 일이었는지 드디어 뼈저리게 깨달았다.

"아내님, 정말 미안해. 아내님이 접해 온 모든 사람을 대표해서 사과하고 싶은 심정이야. 그나저나 아내님은 뭔가 진화하고 있는걸.

이렇게 계속 요리를 보조하다 보면 혼자서도 할 수 있게 되지 않을까?"

"못 하진 않겠지만 완벽하게는 안 될 거야. 못 하는 부분은 계속 남아 있을 듯해."

"그렇구나. 천천히 조급해하지 말고, 방해 안 받으면서 하나씩 계속하면 더 많은 걸 할 수 있게 될지도 몰라."

"그럴 수도 있지만 난 지금은 이렇게 다이스케랑 함께 집안일을 하거나 요리하는 게 즐겁고 기뻐."

그건 내가 할 말입니다.

실로 오랜 세월을 거쳐 아내님과 나, 우리 부부는 평등해졌다. 아내님에게 여전히 일을 하려는 마음이 없으니 우리 집은 그대로 외벌이 가정이고, 아내님의 집안일에는 시간이 걸리므로 수행하는 집안일의 '작업량'으로 보면 아직도 내가 더 많이 하는 것 같지만 우리는 틀림없이 평등해졌다.

뭐가 평등한가 하면 '노력하는 양'이 평등해졌다. 아내님과 함께 집안일을 하는 시간이 늘어가는 가운데, 나는 이 '노력'이라는 것에 대해 계속 생각했다.

노력이란 뭘까? 내 나름대로 내린 결론은 이렇다. 노력이란 '뇌가 많은 칼로리를 소비하는 것'이다. 어쨌거나 사람은 작업한 결과로서 눈에 보이는 양이나 질을 통해 그 작업을 한 사람의 노력량을 측정하기 쉽지만, 역시 그것은 올바른 평가가 아니다.

뇌경색 발병 직후의 나는 극도로 집중력이 떨어져서, 병원 침대에서 좀 복잡한 문장을 몇 줄 읽기만 해도 맹렬한 피로감과 졸음이 덮쳐와 도무지 글을 계속 읽을 수 없었다. 발병한 지 2년이 지난 지금도 긴장되는 대화 등을 장시간 계속하면 전원이 뚝 끊긴 기계처럼 갑자기 머리가 안 돌아가고 목소리마저 안 나오는 경우가 있다. 고차뇌기능장애 영역에서는 '이피로易疲勞'●라고 하는 증상이다. 하지만 비슷한 증상은 정도의 차이는 있지만 내가 병을 앓기 전에 취재해 온 정신적으로 아픈 사람들에게서도, 발달장애를 가진 사람에게서도, 우울증을 앓는 사람에게서도, 양극성장애가 있는 사람에게서도, 물론 아내님에게서도 공통적으로 볼 수 있었다.

그들은 쉽게 피곤해지는 것이 아니라 같은 작업을 해도 온 힘을 쏟으며 엄청나게 열심이기 때문에 지치는 것이다. 피로는 작업의 양에 비례하는 게 아니라 뇌를 얼마나 썼느냐에 비례한다.

입원병동에서 몇 분이나 들여 책 한 쪽을 겨우 읽던 나. 작업 결과는 한 쪽 독파였지만, 나는 전력으로 애쓰고 노력해서 기진맥진한 채로 그 한 쪽을 읽었다. 그 한 쪽을 읽는 데 들인 노력은, 소비한 뇌의 칼로리와 남은 피로감은, 절대 부정할 수 없으며 부정당하고 싶지도 않다. 그리고 그것은 내가 10분이면 끝낼 수 있는 작업을 1시간 들여서 하는 아내님의 노력과 열정과 피로를 부정해서는 안 되는 것

● 통상보다 쉽게 피로해지는 체질.

과 마찬가지다. 정형발달인 사람이 가뿐히 할 수 있는 작업을 하며 녹초가 되어 버리는 많은 사람들. 사실 그들은 누구보다도 눈물겹게 노력하고 있었다.

이 점을 이해하니, 아내님과 나의 가정은 18년이 지난 끝에 드디어 평등의 지평에 이르렀다.

제 5 장

진심으로, 뇌경색을 일으켜서 다행이다

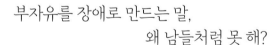

부자유를 장애로 만드는 말,
　　　　　　왜 남들처럼 못 해?

18년은 길었다.

　발달면에 문제를 떠안고 자라나 한때는 그것을 주위 사람들에게 이해받지 못해 자해 행동을 반복했고, 30대 초반에 절망적인 악성 뇌종양에 걸렸음에도 놀랍도록 긍정적인 자세로 싸워 낸 아내님. 한편 뇌경색을 일으켜 고차뇌기능장애 당사자가 된 나.

　동거로부터 18년 남짓. 아니, 이 책이 출판될 무렵에는 두 사람이 함께 살기 시작하고부터 거의 20년이 흘러 있을 것이다. 내가 해 온 취재 기자로서의 일은 사람을 관찰하고 이해하는 것이기도 하다. 그런 내가 이다지도 오랜 시간을 들이지 않고서는 아내님의 참모습을 알지 못했고, 그녀의 좋은 반려자가 되기 위해 나 자신이 어떠해야 하는지도 몰랐던 이유는 무엇일까? 그것은 내가 어리석었기 때문이

기도 하고, 아내님이 떠안고 있는 발달 문제, 즉 눈에 보이지 않아서
알아차리기 어려운 부자유는 이해하려고 다가가도 여전히 본질적
인 이해가 어렵기 때문이기도 하다.

물론 우리 집의 형태가 가장 좋다고는 생각하지 않는다. 하지만
2년 이상을 들여 가정의 환경과 부부의 역할을 개혁해 가며 새삼 획
득한 관점이 있다.

바로 '부자유를 장애로 만드는 것은 환경'이라는 것이다.

몇 번이나 비슷한 예를 들지만 다시 한번 상상해 주시기 바란다.
다리가 약간 부자유스러운 사람이 있다고 치자. 그 사람의 다리는
부자유하지만, 모두가 천천히 걷는 환경 속에서 본인도 무리하지 않
고 걸을 수 있는 속도로 걷는 동안에는 부자유로 인한 불편을 그다
지 느끼지 않는다. 이 단계에서 '부자유는 장애가 되지 않는다'.

하지만 모두가 1킬로미터를 10분 안에 걸을 수 있다는 것을 전제
로 한 환경이나 그 속도를 강요받는 집단 속에 있다면 어떨까? 그 사
람은 요구된 속도에 무리하게 맞추려다가 발이 뒤엉켜 넘어지거나
빨리 걸을 수 있는 사람에게 방해가 될 것이다. 주위의 속도에 맞추
지 못하는 자신을 답답하게 여길 것이다. 이 시점에서 비로소 그 부
자유는 '장애가 된다'.

물론 이 부자유의 정도에 따라 모든 환경이 장애가 되는 케이스도
있을 것이고, 반대로 집에서는 활발한데 학교에 가면 꼼짝도 안 하는
아이처럼 특정한 환경에서만 장애가 되는 부자유도 있을 것이다. 또

한 작은 부자유를 큰 장애로 만들어 버리는 환경도 있을 수 있다.

특히 '뇌가 부자유'한 경우는 주위에서 보기에 그 부자유를 알아차리기 힘들다. 그래서 보이지 않는 부자유를 떠안고 있는 사람들에게 하려고 해도 못 하는 일을 강요한다.

"왜 빨리 안 걸어? 다리가 없거나 다친 거라면 또 모를까, 넌 두 다리가 있고 평범하게 걷고 있잖아. 부자유하게는 안 보이는데?"

그런 주위의 몰이해가 한층 당사자의 부자유를 '고통=장애'로 만든다. 너무도 잔혹한 일이다.

'환경이 부자유를 장애로 만든다.' 이는 각종 장애 지원 현장에서 보편적으로 언급되는 관점이다. 하지만 이 말을 전하는 나 역시도 나 자신이 당사자가 되고서야 겨우, 진정으로 그 의미를 이해할 수 있었다.

나의 경우 나에게 부자유가 생김으로써, 과거 아내님이 하고 싶어도 못 했던 일을 내가 계속 질책하여 그녀가 떠안고 있는 부자유를 장애로 만들어 버렸다는 사실을 겨우 알아차렸다. 반면에 '부자유의 선배'인 아내님은 내가 나의 부자유로 인해 크게 넘어지기 전에 붙잡아 주고, 장애로부터 수용의 경지로 소프트랜딩하게 해 줬다.

부자유를 장애로 만드는 것은 주위의 환경과 가족과 사회다. 그렇게 결론지었을 때 내가 느낀 감정은 실은 '안심'이었다. 이 뒤로는 이야기가 좀 복잡해지지만, 이 관점만큼은 당사자보다 당사자와 함께 살아가는 가족이 꼭 생각해 줬으면 한다.

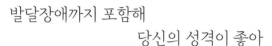

발달장애까지 포함해
당신의 성격이 좋아

뇌경색 이후, 아직 장애가 남아 있긴 해도 단계적으로 회복되어 가는 내가 아내님의 장애를 이렇게 문장으로 표현해 오는 과정에서 아무래도 떨치지 못한 불안이 있었다. "왜 아내님을 치료하지 않아?" 라고 남들이 물어보면 과연 나는 어떻게 대답할 것인가?

지금은 어른 아이 할 것 없이 발달장애 '진단 붐'이자 '치료 붐'이다. 인터넷을 서핑하다 보면 귀찮을 정도로 팝업 창이 뜨는 '혹시 발달장애 아니십니까?' '발달장애는 치료할 수 있습니다'라는 광고. 거기에는 진단을 권하는 것부터 투약 치료로 이끄는 것, 수상한 영양제 판매로 이어지는 것까지 옥석이 뒤섞여 있다. 이제 발달장애는 비즈니스의 키워드마저 되어 가고 있는 것이다.

내가 앓은 고차뇌기능장애가 시간의 경과와 함께 회복되어 가는 반면, 지금까지 발달장애는 낫지 않는다(=뇌의 기질적인 문제는 회복되지 않는다)고 여겨져 왔다. 선천적인 문제이므로 '회복'이라고 하면 어폐가 있다. 올바르게 말하자면 '정형발달이라고 불리는 수준까지 성인이 된 이후로 발달하는 경우는 없다'이다.

확실히 아내님은 나와 함께 가정개혁을 이루어 가는 가운데 점차 할 수 있는 일이 늘어나고 있긴 하며, '혹시 정형발달에 가까워진 건가?'라는 생각이 드는 모습도 보인다. 몇 번씩 반복해서 순서를 외운 작업을 할 때는 아내님에게서 부정형발달을 느끼는 일은 없다.

그러나 그것은 예전에 빼앗긴 '학습 기회를 되찾은 것'일 뿐이다. 익숙지 않은 작업이나 처음 하는 작업에서는 역시 실수를 연발하고, 비슷한 작업은 할 수 있는데도 적용을 못하는 모습에 놀라기도 한다. 또 아무리 익숙해도, 아무리 궁리해도 '근본적으로 못 하는 일'도 몇 가지 있다.

그것이 후천적 장애인 고차뇌기능장애와 선천적 장애인 발달장애의 차이라고 나는 느껴왔다.

그렇다면 왜 나는 아내님을 이 '치료의 조류'에 태우지 않는가? 왜 치료할 수 있다는 의료기관에 데려가려고도 하지 않는가?

오늘날 발달장애의 영역에서 자주 언급되는 약제로 '스트라테라^Strattera'와 '콘서타'가 있다. 콘서타는 2장에서 언급했듯 리탈린과 같은 성분에 의존 리스크를 저하시킨 신약인데, 강한 부작용이 보고되기도 하지만 "머릿속의 잡음이 사라져서 생각을 정리할 수 있게 됐다"

"집중할 수 있다" "스스로를 컨트롤하고 있다는 느낌이 굉장하다" "이거라면 일을 할 수 있다"라는 보고도 있다.

이건 그럴 수도 있다고 생각한다. 아내님이 손목을 긋던 시절 SSRI의 지옥 같은 금단 증상을 목격했고 그 후의 취재 활동에서도 정신질환에 대한 투약 치료에는 상당히 회의적인 나였지만, 발달장애는 투약 치료를 할 수도 있다고 생각한다.

발달에 문제가 있는 당사자는 한 번의 좌절로 인해 그 후에 이루어야 할 발달도 이루지 못하는 케이스가 많다. 예컨대 그것은 손에 손모아장갑을 낀 상태로 젓가락을 쓰는 훈련을 하는 것과 마찬가지다. 손모아장갑 때문에 엄지와 다른 손가락들의 움직임이 제한된 상태로는 젓가락질 기술이 발달하지 않는다.

하지만 투약을 통해 이 손모아장갑을 벗을 수 있다면, 투약 기간 동안에 자유롭게 움직이는 손가락을 써서 젓가락질을 익힐 수 있을 것이다. 또한 한번 젓가락질의 요령을 파악하면 젓가락을 쓰기 위해 평생 손모아장갑을 벗는(=평생 투약을 계속하는) 방법을 쓰지 않아도 전보다 능숙하게 젓가락을 쓸 수 있게 되기도 할 것이다.

요컨대 그저 부자유를 완화하기만 하는 것이 아니라, 그렇게 부자유를 완화하는 사이에 그 너머의 것을 배울 가능성을 나는 부정할 수 없다고 생각한다.

다만 문제가 있다면 보험 적용 범위에서 이루어지는 투약 치료에는 아무래도 '이 장애입니다' 하는 진단 기준이 필요하므로, 지금은 발달장애 진단 붐과도 같은 경향이 보인다는 점이다. 물론 발달장애의 진단 기준으로 여겨지는 DSM* 분류만 해도 개정을 거듭하고 있고, 그 진단의 틀에 맞지 않는 경계선상의 사람이라도 '떠안고 있는 부자유로 인해 장애를 느끼는' 단계에서 지원의 대상이 되는 것이 이상적이긴 하지만, 진단 중시 풍조가 판쳐서 약물 치료가 비즈니스로 변하고 있는 현 상황은 그다지 바람직하지 않다고 생각한다.

또한 나는 스스로 앞장서서 아내님을 치료의 장으로 내보내고 싶지 않으며, 이 책도 '발달장애 아내님이 결국 치료를 받았다!'와 같은 꿈 같은 전개로 이어나가고 싶지 않다. 어째서 그런가? 우선 아내님이 치료받고 싶다는 말을 안 하기 때문이기도 하지만, 나 자신을 곰곰이 되돌아보고 낸 대답은 '발달장애도 포함한 아내님의 성격을 좋아하기 때문'이다.

이것은 나의 진심이다. 나는 아내님이 변해 버릴 것이 두렵다. 콘서타나 스트라테라를 복용하는 사람은 머리가 상쾌해졌다고 말하기도 하지만, 한편으로는 "쓸데없는 것을 생각하지 않게 되었다" "감정이 차분해지고 조금 무감동해졌다" "허당끼가 없어졌다는 소리를 들었다"라고 하기도 한다. 긍정적으로도 볼 수 있는 말이지만 쓸데없는 것을 생각하거나 감정이 풍부한 면도, 허당끼 있는 면도 아내

---

* 미국정신의학회에서 출판하는 서적으로 정신질환의 분류를 위한 공통 언어와 기준을 제시한다.

님의 매력이다. 치료로 인해 그런 면이 사라지는 것을 나는 두려워했다.

아내님이 거대한 뇌종양을 적출하는 수술에 임할 때 내가 진심으로 겁냈던 건 아내님의 특이한 성격이 사라지거나 변모해 버리는 것이었다. 오히려 나는 괴짜 아내님인 채로 있어 주기를 바랐으며, 아내님이 죽을 수도 있다는 공포에 떠는 와중에 그녀가 어디에나 있을 법한 평범한 성격을 가졌다면 이렇게까지 거대한 상실감은 느끼지 않았을 거라며 계속 괴로워했다. 그녀가 정신과 처방약을 끊고 '건강한 괴짜'로 돌아왔을 때는 진심으로 기뻤다.

아내님은 지금 그대로의 성격이었으면 한다. 그렇게 생각하는 게 내 본심이다. 하지만 한편으로 이것이 나의 횡포로도 느껴지는 마음을 아무래도 떨칠 수 없었다. 그건 어쩌면 치료를 받으면 아내님이 경험할지도 모를 미래나 새로운 세계나 도전을, 성취할 수도 있을 발달을, 내 멋대로 빼앗고 있다고도 할 수 있기 때문이다. 나 자신이 뇌에 부자유를 떠안은 당사자가 되어 그 시각으로 아내님을 보게 된 이후로는 내내 그런 생각에 고민해 왔다.

둘 다

느리게 살아가면 돼

그 고민에 '부자유를 장애로 만드는 것은 환경'이라는 관점은 일
종의 해결책과 안심을 안겨 줬다. 그렇다. 적어도 아내님은 뇌에 부
자유를 여전히 떠안고 있지만, 나와의 관계 속에서 살아갈 뿐이라면
그 부자유를 장애(=괴로움)로 만들지 말지는 우리에게 달려 있었다.
더 정확히 말하자면 아내님의 환경을 만드는 '내가 하기 나름'인 것
이다. 현 상황으로서는 둘 다 뇌에 문제가 있는 덕분에 그 환경이 크
게 개선됐기 때문에, 부부가 평등하게 서로 도우며 가정을 운영하기
만 한다면 아내님의 부자유는 장애가 될 일이 없었다.

그 말인즉, 지금은 이대로 괜찮고 약을 먹을 필요도 없다는 뜻.

아마도 아내님이 바깥세상으로 나가 일이나 활약을 하고 싶어 하
거나, 무언가 새로운 것에 도전하고 싶어 하거나, 우리 집이 경제적

으로 불안정해져서 아내님도 밖에 나가 돈을 벌어야 하는 사태에 이르면 그때 아내님은 여러 상황에서 비틀거릴 거라고는 생각한다. 그렇다면 그 시점에서, 아내님의 부자유가 장애로 바뀌기 전의 타이밍에 다시 치료를 시작하면 되지 않을까? 그때가 되면 나는 아내님의 치료를 온 힘으로 도울 것이다. 이 결론에 이르러 겨우 나의 고민은 해결되었다.

그렇다면 당사자인 아내님은 어떻게 생각할까?

"아내님은 이런 얘기를 들으면 치료받고 싶어?"

"글쎄. 그러고 보니 전에 선배한테 받은 리탈린을 먹고 청소했더니 엄청 칭찬받았지."

아아, 꽤 오래 전 이야기지만 분명 예전에 아내님이 '자신이 수집한 베게타민A랑 교환'이라는 알 수 없는 조건으로 질 나쁜 선배로부터 리탈린을 받아온 적이 있었다. 확실히 그날의 아내님은 굉장히 훌륭하게 청소를 소화해 냈던 것을 기억하고 있다.

"뭐, 그때만큼은 아니지만 지금 상태로도 아내님은 극적으로 집안일을 해내게 되었고, 욕심을 내자면 '이번 주 빨래 당번은 아내님이야'처럼 대략적으로 부탁할 수 있다면 나도 편하겠지."

"그런 식의 부탁은 어려울 것 같아. 하지만 나도 둘이서 집안일을 한 뒤로는 할 수 있는 게 예전보다 꽤 늘었다고 생각하고, 앞으로도 이것저것 맡겨 주는 일이 늘어나면 할 수 있는 것도 많아질 거라고 생각해. 근데……."

"근데?"

"역시 집안일은 둘이서 하는 편이 즐거워."

역시 결론은 그거다. 확실히 그렇다. 이 '둘이서 하는 집안일'이 주는 충만감은 나보다 한때 가정의 운영에서 배제되었던 아내님이 더 진하게 느끼는 듯하고, 우리가 둘 다 병에 걸림으로써 얻은 보너스처럼도 여겨진다.

이리하여 아내님의 치료는, 만약 받는다 해도 꽤나 먼 미래가 될 듯하다.

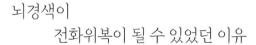

뇌경색이
    전화위복이 될 수 있었던 이유

아내님의 뇌종양 진단이 2011년 말이었고 나의 뇌경색이 2015년 초여름이었으니, 고작 3년 반 사이에 우리 집에는 인생을 좌우할 만한 라이프 이벤트가 두 번이나 덮쳐 온 셈이었다. 하지만 우리 부부에게 서로의 투병 경험은 역시 요행이었고, 우리의 공통 의견은 '예전의 두 사람으로는 돌아가기 싫어'였다.

"둘 다 병에 걸리지 않았다면 누구 하나가 집을 나가 버렸을 가능성이 크지. 만약 다이스케가 뇌경색에 걸리지 않았다면 슬슬 일하라는 눈치를 엄청 줬을 거고, 그걸 내가 계속 무시해서 큰 싸움이 일어났을걸" 하는 아내님.

그런데도 여전히 일하지 않겠다고 단언하는 당신은 굉장해.

"아내님, 만약 내가 병에 걸리기 전으로 돌아가 버리면 어떨 것 같아? 한마디로 말하자면?"

"컁!"(위협하는 고양이 같은 표정)

아내님, 그건 한마디가 아니라 '한 음'인데요, 어떤 마음인지는 온 힘으로 전달됐네요.

하지만 여기서 우리 부부의 역사를 '훈훈하고 좋은 이야기' '보기 좋은 부부네요~~'로 끝내도 된다고는 생각하지 않는다. 내가 쓰러지고 이 원고를 쓰기까지 2년하고도 한 달. 둘이서 태평하게 이런 말을 할 수 있는 건 아마도 우리가 유례가 별로 없을 정도로 축복받은 희귀 케이스였기 때문일 것이다.

우선 나는 원래 사회적 곤궁자를 취재하는 것이 일이었기 때문에 부자유를 떠안은 사람들을 질릴 정도로 많이 관찰해 왔고, 마음(뇌)에 부자유가 생기는 것에 대해 이해는 둘째 치고라도 예비지식은 충분했다.

게다가 아내님과 만나기 전의 극빈곤 경험에 더해 취재 생활 속에서 수많은 경제적 파탄의 예시를 봐옴으로써 약간의 빈곤 공포증에 걸려 있던 터라, 만사에 조심 또 조심하는 긴축 경제 감각으로 살아왔다.

그래서 아내님이 쓰러지거나 내가 장애 당사자가 되어도 급작스레 경제적 곤궁에 빠지지 않고 넘어갈 만한 여유가 있었고, 지금도 아내님이 일해서 수입을 확보하지 않아도 근시일내의 불안은 없다.

하지만 이런 케이스가 어디에나 있다고는 도무지 생각할 수 없다. 만약 우리 가정에 저축이 없어서 뇌경색 후의 나에게 병을 앓기 전의 수입이 즉시 필요했다면 어땠을까? 만약 나의 일이 '자영업이자 자택이 사무실인 집필업'이 아니라 월급쟁이 영업직이기라도 했다면 어땠을까? 아내님도 발달장애 치료를 받으면서까지 새롭게 일자리를 찾아야만 했다면?

상상만 해도 무섭다. 우리에게는 서로의 장애에 대한 고찰이나 가정개혁 따위를 할 여유가 있었을 리도 없고, 병에 걸려서 다행이라는 말도 분명 도저히 할 수 없었을 것이다. 틀림없이 말다툼이 끊이지 않았을 테고 서로에게 상처를 줬을 것이다. 종이 한 장 차이로 우리는 지옥으로 떨어졌을지도 모른다.

실제로 아내님뿐만 아니라 내가 여태껏 취재해 온 나와 같은 부자유를 떠안은 사람들은 너무도 잔혹한 세계에서 살아가고 있다. 지겨울 정도로 반복하건대 내가 떠안게 된 것은 뇌경색이 원인인 고차뇌기능장애지만, 그로 인해 못 하게 되는 일이나 맛보게 되는 괴로움은 우울증을 비롯한 정신질환이나 발달장애, 치매, PTSD(외상 후 스트레스장애) 등등 '뇌에 문제가 있는' 당사자 전반과 합치한다.

또 내가 여태까지의 취재 활동에서 접해 온 수많은 당사자 대부분은 사회나 가정으로부터 이해받지 못해 자주 배제되었고, 발달장애 당사자 대부분은 어린 시절 혹은 직장에서 따돌림을 당한 경험이 있었다. 그들은 적절한 이해나 지원을 받기는커녕 가정에서 학대 피해를 입기도 했고, 고독과 빈곤 속에 있는 사람도 적지 않았다. 이 얼마나 잔혹한 일인가. 어째서 원래는 돌봄을 받아야 할 그들이 피해자의 입장에 호되게 빠져 버리는 걸까?

줄곧 품어 온 이 의문에 대해서도 나 자신이 뇌가 부자유한 당사자가 됨으로써, 뇌가 부자유한 아내님과 계속 살아옴으로써 한 가지 답을 낼 수 있을 것 같다.

약해서 가해자가
　　　　되는 사람들

　보살핌을 받아야 할 그들이 배제되는 이유로 아무래도 피해갈 수
없는 것이 있다. 그것은 그들이 기본적으로는 피해자적 입장에 놓이
는 경우가 많지만, 상황과 상대에 따라 '가해자적 측면'도 지니고 있
다는 점이다.

　큰 오해를 불러일으킬 수도 있으므로 이 대목은 다시 신중하게
쓰겠다.

　예컨대 병을 앓은 후 자력으로 감정을 억제하기 힘들어진 것은
내게는 정말 괴로운 경험이었다. 하지만 그때 억제를 포기해 버렸다
면, 혹은 노력해도 억제가 불가능할 정도로 장애가 심했다면 어땠을
까? 스스로의 장애를 이해하고 수용하지도 못했다면 어땠을까?

　틀림없이 나는 사소한 일에도 장소와 상대를 가리지 않고 고함을

질러 대는, 맹렬히 가해자적인 성격으로 변했을 것이다. 만약 병에 걸리기 전부터 트러블을 폭력으로 해결하는 경향이 있었다면 한층 손 쓸 도리 없는 폭력의 가해자가 되었을 게 뻔하다. 미쳐 날뛰는 것 같아 보여도 본인은 매우 괴로워하고 있는, 이해 불가능한 가해자가 바로 나였을 것이다.

고차뇌기능장애 당사자가 떠안고 있는 문제 중에서도 감정의 탈 억제에 의한 폭언과 폭력은 아주 거대하고 비참한 문제다. 이는 가 족과 주위 사람들에게 다대한 스트레스와 고통을 안겨 주며, 원래 보살핌을 받아야 할 당사자가 주위로부터 배제되어 고립되는 원인 이 되기도 한다. 그리고 유감스럽게도 이것은 다른 병명의 '뇌에 문 제가 있는' 당사자들에게도 공통되는 일이다.

발달에 문제가 있었던 아내님도 마찬가지다. 그녀에게는 뇌의 부 자유로 인해 못 하는 일이 많았고, 유소년기부터 시작해 성년기에 이르러서도 가족과 나에게 계속 질책받았다. 그런 면에서는 틀림없 이 그녀는 피해자적인 입장이다.

하지만 다른 한편으로 "못 하는 건 못 하는 거야" 정색하면서 집안 일을 나 몰라라 하고 생계와 관련된 모든 일을 나에게 떠넘겼던 아 내님은 나에게 가해자적이기도 했다. 그것이 부담되지 않았다고 하 면 분명 거짓말이다. 아내님에게도 피해자와 가해자의 두 얼굴이 있 는 것이다.

아내님이 만약 남성이라면 더욱 알기 쉽다. 일도 안 하고 집안일도 안 한다. 한번 언짢아지면 설령 자신이 잘못했을 때라도 집요하게 계속 기분이 상해 있다. 사실은 어떤 부자유가 있어서 일을 못 하거나 감정 컨트롤이 안 되는 것이라 해도 제3자가 보기에 이 사람은 전형적인 '쓰레기남'이다. 주변에서는 말할 것도 없이 가해자적인 남성으로 볼 것이다. 만약 미숙한 의사 표시의 수단으로 폭력이 더해지면 완전히 악질적인 가해자다.

이렇게 사고를 전개하다 보면, '가해자의 배후에 있는 피해자상과 숨겨진 장애'를 여러 케이스에서 짚어 낼 수 있다. 예를 들면 화가 나면 밥상을 뒤엎던 전후 시절의 아버지나 미국에서 오랜 기간 사회문제가 되고 있는 귀환병의 사회적 문제행동.

전장을 경험한 남성 대부분은 PTSD를 겪는다고 한다. PTSD로 인해 못 하게 되는 일이나 맛보게 되는 고통은 고차뇌기능장애와 마찬가지로, 발달장애나 그 밖의 정신질환 등을 앓아 '뇌가 부자유'한 당사자의 그것과 일치한다.

그렇다면 가족에게 호통을 치고 밥상을 뒤엎고 어머니를 때리고 술독에 빠져서 일하러 가지 않는 아버지는, 실은 엄청난 괴로움을 가슴에 품고 있는 피해자인지도 모른다. 스스로 억제가 안 되는 감정에 당황하며 전쟁터에 나가기 전과는 달라져 버린 자신을 계속 책망하고 있었는지도 모른다.

물론 어머니나 자식을 때린 시점에서 아버지는 아웃이다. 그 가해자적 모습은 절대로 이해하고 싶지 않다.

하지만 가해자처럼 변해 버린 시점에서 그의 괴로움은 다른 사람에게 한층 이해받지 못하고 지원의 대상에서 배제되니, 아버지는 고립됐던 것이 아닐까? 아내님의 등 뒤로 밥상을 뒤엎는 친아버지를 상상하는 건 괴상한 발상이지만, 잘 생각해 보면 양자에게는 어떤 차이도 없다.

그리고 이러한 생각의 너머로 보이는 인물상에 나는 강한 기시감을 느낀다. 피해 경험을 가진 '원래는 지원의 대상인 사람들'이 부정적이고 공격적이며 성가신 성격이나 언동 때문에 이런저런 지원의 손길로부터도, 가족과 친구와 지역 사회로부터도 고립되거나 가해자적인 입장에 서고 있다.

이는 그야말로 내가 여태까지의 기자 활동이나 집필 활동을 통해 지적해 온 빈곤의 정의, 즉 '단순히 소득이 적은 것이 아니라 여러 가지 이유로 무지원 상태에 빠져 곤궁이 계속되는 사람들' 그 자체다.

그렇다면 새삼 그들과 가까운 입장이 된 나는, 한 걸음 고찰을 진전시켜 그들을 대변해야 할 것이다.

결론은 이렇다.

"약자를 가해자적 입장으로 몰아넣는 것 또한 주위의 환경이다."

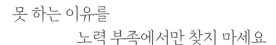

못 하는 이유를
노력 부족에서만 찾지 마세요

부자유를 장애로 만드는 것이 주위 환경인 것과 마찬가지로, 부자유하거나 피해자적인 약자를 궁지에 몰아넣고 가해자적으로 만들고 배제의 대상으로 만드는 것 역시 환경과 사회다.

다시 아내님 케이스로 돌아가 보자. 뇌의 부자유는 가시화하거나 상상하기 어려우므로 체질의 약점으로 예를 들어보겠다.

아내님은 손의 피부가 약하다. 온갖 세제에 염증이 생겨서 이상한 진물이 나오며, 천연 고무에도 라텍스에도 알레르기가 일어나 무리하게 물 닿는 일을 시키면 보기만 해도 괴로울 정도로 딱한 상태가 된다.

그 결과 아내님이 뇌종양으로 쓰러져서 내가 집안일을 100퍼센트 다 짊어지기 전에는 부엌에 설거짓거리가 자주 쌓였고, 참다못해 바쁜 업무 와중에 짬을 내어 설거지를 하는 것이 나의 큰 부담이 되었다. 그런데 당시 그런 상황을 알고 있었던 많은 사람들로부터, 특히 여성으로부터 나는 이런 말을 몇 번이나 들었다.

"맞아, 맞아! 나도 그랬어. 나도 결혼한 지 얼마 안 됐을 때는 설거지 때문에 손이 터서 아프고 가려워 미칠 것 같았어. 온갖 세제를 다 써봤지만 똑같았지. 근데 손이 너덜너덜해지면서도 열심히 했더니 애를 낳은 무렵부터는 괜찮아져서 지금은 아무렇지 않게 할 수 있어. 노력하면 다 할 수 있어. 그나저나 스즈키 씨가 고생이네~ 바깥일에다 집안일까지. 힘들지?"

'네, 힘듭니다.' 내 안에 설거지를 해 주지 않는 아내님에 대한 피해자 심리가 있었을 때는 이런 말에 위로를 받기도 했다.

하지만 내가 여러 가지 일을 '못 하는 사람'이 된 지금은 그 위로의 말 뒤에 감추어진 메시지를 아무래도 무시할 수 없다. 그 메시지는 다음과 같다.

'아내님은 자기가 못 하는 일을 노력해서 극복하지 않고 그냥 넘어가니까 나쁘다(=가해자적이다).'

인간은 누구나 맞는 일과 안 맞는 일이 있고, 안 맞는 일이라도 도전해서 극복해 나가는 게 인생이다. 그런데 열심히 해서 극복했다거나 못 했다거나 하는 결과는 노력의 양뿐만 아니라 개인차에 의해서도 좌우된다는 점은 쉽게 잊힌다.

'열심히 해도, 하고 싶어도 못 하는 사람'이 되어 본 나로서는 그런 말이 매우 잔혹하게 들리는 것을 어찌할 수 없다.

　반론하고 싶다. 애초에 여성이 집안일을, 설거지 등의 물 쓰는 일을 한다는 대전제는 누가 정했나? 그런 의문을 가지지 않고, 혹은 가졌다 해도 속으로 삭이고 노력해서 집안일의 괴로움을 극복해 온 사람들을 부정할 마음은 없다. 하지만 ……

　"여성은 그런 일을 하는 사람이고, 그걸 할 수 있는 게 여성의 가치야."

　"다른 모두도 나도, 처음에는 못 했지만 열심히 해서 할 수 있게 됐어."

　"그러니까 할 수 있는 게 당연해. 못 하는 건 노력을 안 해서야."

　여성과 집안일을 둘러싼 이런 말들에, '할 수 있는 게 당연한' 일을 못 하는 아내님 같은 여성이 얼마나 주눅 들고 부정 속에 매몰되어 왔을지 생각하면 정신이 아득해진다.

우리 집은 지금,

잃고 싶지 않은 평온으로
가득 차 있습니다

그렇다면 적어도 가정에서 설거지를 하는 것은 부부 중 누구의 담당인가? 정답은 '손 피부가 튼튼한 쪽'일 것이다. 누가 돈벌이를 하고 있는지는 관계없다. 그리고 그런 전제라면 설거지를 안(못) 하는 아내님에게 가해자성 같은 건 손톱만큼도 없게 된다.

손 피부가 약한 아내님을 '남편에게 설거지를 시키는 가해자적인 여자'로 바꿔 버린 것은 틀림없이 '설거지는 여성이 하는 것'이라고 단정하는 전제와 "할 수 있는 게 당연해" "모두 노력해서 할 수 있게 됐어"라고 강요해 온 사회 및 관습이다.

아아, 아내님이 왜 '노력하는 여성 집단' '일 잘하는 여성 집단' 속에서 겉도는지 그 이유를 손바닥 보듯 알겠다. 틀린 것은 노력할 수 있는 사람들이다. 오히려 손 피부가 약한 여성에게 물 닿는 일을 강요하는 것이 학대가 아닐까? 여성이 설거지를 하는 게 당연하다는 '환경'이 그것에 서툰 여성들의 부자유를 '집안일 못 하는 여자'라는 장애로 만들고, 또 가해자적인 여자로서 배제와 공격의 대상으로 만든다. 한때 자신에게도 부자유가 있었으나 그것을 노력해서 극복한 사람일수록 비판적인 입장을 취할 것이다. 하지만 그 대립도, 가해도, 피해도, 원인은 '환경'에 있다.

아무래도 젠더 이야기로 쏠려 버렸지만 물론 이는 남성에게도 마찬가지일 것이다. 남자라면 이 정도 일로 좌절하지 마. 남자라면 일해서 가족을 부양하는 게 당연해. 남자라면 여자를 지켜. 그런 말에 '당연히 할 수 있는 일을 못 하는' 남자들은 얼마나 자존심에 상처를 입으며 살아왔던가.

현대의 일본은 여전히 압도적으로 여성에게 불리해서 '할 수 있는 게 당연해'라는 말에 아내가 고통받는 경우가 많지만, 일하지 않는 남편의 마음속에도 '일에 서툴다'라는 괴로움과 장애가 있을지도 모른다.

나 자신이 '못 하는 사람'이 됨으로써 여태껏 취재해 온, 또는 가까이서 접해 온 '부자유한 사람들'의 비참하고 분한 마음이 한없이 내 안으로 흘러들어온 듯한 느낌이 들었다.

고작 설거지 이야기지만 이는 약자에 대한 이해가 없는 사회의 축소판이다. '할 수 있는 사람'을 전제로 만들어진 상식과 환경이 '못 하는 사람'을 가해자의 위치로 내몰거나 배제와 차별의 대상으로까지 만든다. 얼마나 잔혹한가.

＊＊

　내가 앓은 고차뇌기능장애는 어디까지나 후천적인 장애라서 내게는 '구 건강인'의 감각도 있다. 그것을 바탕으로 독자에게, 사회에 부탁하고 싶다.

　우선 건강인(이라기보다 비당사자)은 뇌에 문제가 있는 당사자에게는 '하고 싶어도 못 하는' 일이 있으며, 눈에는 보이지 않는 기능의 결손과 부자유감이 큰 고통을 동반한다는 것에 대한 이해를 대전제로 삼아 주기를 바란다. 그 전제하에 그들에게 못 하는 일을 강요하거나 '할 수 있는 게 당연하다'는 가치관을 내세우지 말고, 그들이 할 수 있는 일을 함께 발견하고 그 가치를 인정해 주기 바란다.

　한편 당사자에게도 부탁하고 싶은 것이 있다. 바로 자신이 못하는 일과 못하는 이유를 스스로 파악하고, 그것이 비당사자에게는 얼마나 상상하기 어려운 일인지를 생각하기. 그것을 염두에 두고 될 수 있는 한 비당사자에게 그 부자유감이 어떤 것인지를 전하고 발신하려는 시도를 포기하지 말아 줬으면 한다. 당연히 그때 비당사자는 "장애가 있다고 응석 부리지 마"라는 식의 말은 절대로 하지 말기 바란다.

　말로 하는 것은 간단하지만 사회에 이런 사고방식이 침투되기까지는 무척이나 원대한 프로세스가 필요할 것이다. 그러나 이는 적어도 가정이나 직장처럼 작은 집단 안에서라면 오늘부터라도 시작할 수 있는 개혁이다.

*
**

자, 큰소리를 땅땅 쳤지만 이제 기본 중의 기본인 우리 집 이야기로 되돌아가겠다. 우리 집은 과연 어떨까?

통통통. 홈통을 타고 내려오는 차가운 빗물이 창밖에서 처마를 두드리는 소리가 다이닝룸에 울려 퍼진다. 이렇게 이 책을 마무리하고 있는 것은 2017년 10월 말, 비 내리는 일요일 정오. 이번 가을은 늦더위가 꽤 오래 이어졌지만, 드디어 가을비 전선이 도래하여 갑작스러운 쌀쌀함에 다이닝룸의 나는 고타쓰를 꺼낼까 고민할 정도다.

아내님은 당연히 아직 2층 침실에서 고양이와 융합된 상태다. 그녀는 날씨에 컨디션이 마구 휘둘리는 사람이고, 마침 며칠 전에는 생리 직전의 부글부글 기간이 왔다고 '컨디션 예보 앱'에서 경고 알람이 떴다. 편리한 툴도 다 있구나 감탄했지만, 비에 PMS까지 겹칠 경우 예전의 아내님이라면 일단 일어나지 않는다는 게 전제이고, 주의력결핍장애도 절정에 달해 집은 한층 카오스로 변할 것이 틀림없었다.

하지만 그녀는 이제 네오 아내님. 오늘만 해도 아침에 일어나 보니 다이닝룸 바닥은 말끔히 정리되어 있었고, 떨어져 있는 건 키친 타월 심지와 자수바늘 한 개…… 자수바늘은 떨어진 물건으로서는 치명적이지만 고양이가 바늘집을 장난감 삼아 가지고 논 흔적이겠지. 병을 앓기 전의 나였다면 왜 고양이의 앞발이 닿는 곳에 바늘집을 뒀냐며 상당히 화냈을 수도 있는 상황이지만, 고양이가 삼키지 않았다면 됐다. 아내님이 일어나면 두 번 다시 이런 일이 없도록 바늘집 두는 장소를 둘이서 다시 생각해 보자.

밥상 위에는 개어 놓은 빨래가 그대로 쌓여 있지만, 이 빨래는 전날 내가 일 때문에 외출해 있는 동안 비가 와서 아내님이 걷어서 방에서 말리고 개어 준 것이다. 걷어 달라는 지시도 개어 달라는 지시도 안 했는데 아내님은 이렇게까지 해 주게 되었다. 이 또한 가정개혁 전의 나라면 "갠 옷을 넣는 것까지가 빨래야"라고 얄미운 말을 했을지도 모르지만, 이제는 이걸로 충분하다.

말 안 해도 해 주는 집안일은 점차 늘어나 내 일이 연일 바쁠 때는 아내님이 가장 힘들어하는 설거지를 투박한 장갑을 끼고 해 준 적도 있다. 조금, 아니 많이 감동했다. 물론 그 아내님이니 단순히 그릇을 씻는 것뿐만 아니라 설거지통이나 개수대까지 눈에 들어오는 부분을 연말 대청소처럼 눈부시게 닦아서 표백했고, 그러는 한편으로 사용한 표백제나 장갑 등은 그대로 널브러져 있어서 그 언밸런스에 웃음이 나긴 했다.

우당탕탕 야옹. 시계를 보니 12시 37분. 아내님과 고양이 기상. 잠옷 차림 그대로 눈을 반쯤 뜨고, 어째서인지 한 손에 PS4의 빈 박스를 껴안고 앉은뱅이책상에서 일하는 내 앞에 선 아내님.

"굿모닝. 대단한데. 비가 와서 안 일어날 거라고 생각했는데."

"굿모. 일요일이기도 하고, 안 일어나면 화낼 것 같아서."

"화 안 내."

봤더니 완전히 감긴 눈에 다리를 벌리고 선 채로 앞뒤로 한들한들 흔들리고 있다.

"아~ 나 오늘 분명 컨디션이 안 좋을 거야. 머리가 무겁고 몸은 축축 처져."

뭐, 날씨가 나쁘고 생리는 코앞이니까. 하지만 흔들리는 아내님을 부엌에서 부르는 고양이들의 합창. 아내님은 눈을 감은 채 고양이 사료를 준비한다.

"다들 오렴~ 이봐요, 저쪽 손님이 먼저예요."

무슨 손님 말이지? 바텐더냐. 어째서 눈도 제대로 못 뜨면서 그런 괴상한 단어는 나오는 걸까.

"아~ 이번 주의 나는 영 글렀어. 자기 전에 유통기한이 5일 지난 프리미엄 롤케이크를 먹은 게 잘못이었을까."

그건 버려! 고양이(×5)가 각자 제대로 먹고 있는지를 확인하는 아내님은 서서히 전원이 들어오고 있긴 한 모양이니, 여기서 기동 시간을 예측해 보자. 바로 75분!

"그러고 보니 바닥도 잘 정리되어 있더라. 완전 깨끗했어."

"나는 그대를~ 잊지 않아~♪"

왜 여기서 대답이 아니라 노래를 시작하는 거야?! 게다가 어째서 오우양 페이페이[*]? 뭐, 상관없지.

"자수바늘이 떨어져 있던데, 바늘방석 두는 자리를 다시 정해야 겠어."

"아, 진짜?"

"그리고 키친타월 심이 떨어져 있더라."

"그건 말이지, 간직해 두면 당신이 턱에 대고 '투탕카멘~' 할 수도 있으니까 안 버리고 보관해 둔 거야."

안 할 거니까 그냥 버려 줘.

고양이 식사가 끝나자 발에 가벼운 상처가 난 아이에게 약을 먹이고 다이닝룸으로 돌아오는 아내님. 일어났을 때 껴안고 온 PS4 상자 속에 본체를 천천히 넣기 시작한다. 아무래도 방열성이 뛰어나고 슬림한 신형 모델을 샀으니 그전까지 쓰던 초기 모델을 중고 가게에 팔러 갈 준비를 하는 모양이다. 뭐, 확실히 두 사람이 사는 집에 PS4는 3대나 필요 없으니까(이 원고를 연재할 때의 아내님 출연료로 한 대 더 살 예정인 듯하다), 얼른 팔아 버리는 건 대찬성이다.

아내님이 바스락거리는 사이에 나는 메일 확인과 답신 등의 일을 하는데…… 문득 돌아보자 아직도 상자와 격투를 벌이고 있는 아내

[*] 일본에서도 활동한 대만 출신 가수.

님. 시계를 보니 놀랍게도 PS4 상자를 잡은 뒤로 20분이나 지났다! 아무래도 본체에 완충재를 끼워서 상자에 넣는 데 애를 먹고 있는 모양이다.

"해 줄까?"

"부탁해."

내가 잡고 해 보니 20초 만에 클리어……

"세쿠하라* 세쿠하라 해머♪"

얼버무리지 마. 그 위험한 가사의 노래는 또 뭐람?

실로 여러 가지 집안일을 할 수 있게 되어서 이제껏 껴안고 살아온 부정형발달이 정형발달로 진화한 게 아닐까 생각되는 장면도 보여 주는 아내님이지만, 역시 그리 간단한 문제는 아니라는 것을 통감한다. PS4를 상자에 넣는 직장에 다녔다면 아내님의 부자유는 장애가 되겠지만 집에서는 내가 하면 된다. 가정개혁 속에서 우리 두 사람이 가장 발달시킨 것은 '뻔뻔한 태도'다.

"이것저것 할 수 있으면서 왜 이런 건 못 하는 걸까?"

"어쩔 수 없잖아. 못 하는 건 못 하는 거니까."

훌륭한 뻔뻔함이다. 그리고 천천히 PS4 상자를 벽에 기대어 세우더니, 일어서서 복도로 나가 계단을 올라가는 아내님.

"어, 어디 가?"

"당신을 유혹하는 핑크퍼플**! 안녕~"

그러고 자는 거냐!

기동 시간 예측은 크게 빗나갔다. 다이닝룸으로 내려온 지 1시간 3분 만에 아내님은 침실로 돌아갔고, 얼마 뒤 아직 자나 보러 갔더니 이불 위에서 전원 코드의 틈새 먼지를 이쑤시개로 후비고 있었다.

＊＊

침실에 조용히 울려 퍼지는 가을 빗소리. 내년에도 둘이서 오늘처럼 평온한 마음으로 가을비 소리를 들을 수 있다고는 확신할 수 없다. 아내님이 '5년 생존율 8퍼센트' 선고를 받은 날로부터 이제 곧 6년. 아니, 아직 6년……. 도중에 나도 쓰러지고 말았지만, 속내를 털어놓자면 나는 여전히 아내님의 뇌종양 재발과 '상실'을 두려워하고 있다.

부부의 형태는 사람마다 다르고, 정답의 형태 또한 셀 수 없이 많을 것이다. 하지만 적어도 우리는 괴로운 일도 많았던 18년의 세월을 거쳐 우리 나름대로의 정답에 가까워질 수 있었고, 유한한 부부 생활을 하루하루 음미하며 살아가고 싶다고 생각한다.

"아내님, 이런 나는 좀 성가신 녀석일까?"

"성가시지. 당신은 소녀만화에 나오는 두근두근 첫사랑에 빠진

<hr>

● 성희롱(sexual harassment)의 준말.
●● 일본의 젤네일 회사 HOMEI에서 발매하는 제품의 광고 문구.

중2 소녀 같아. 뭐, 나도 다른 사람이 보기에는 상당히 성가신 여자
겠지만."

　아아, 성가시다. 그런데 성가심으로 대결해서 어쩔 거야, 아내님.
그나저나 1년 내내 두근두근 곤충을 관찰하는 남초딩 같은 너한테
들을 소리는 아닌 것 같은데.

　여하튼 우여곡절의 18년, 우리 집은 지금 잃고 싶지 않은 평온으
로 가득 차 있다.

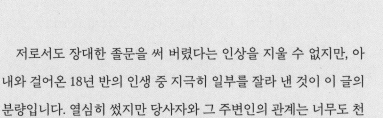

에
필
로
그

저로서도 장대한 졸문을 써 버렸다는 인상을 지울 수 없지만, 아
내와 걸어온 18년 반의 인생 중 지극히 일부를 잘라 낸 것이 이 글의
분량입니다. 열심히 썼지만 당사자와 그 주변인의 관계는 너무도 천
차만별이기에 얼마나 많은 독자들에게 도움이 될까 불안하기도 합
니다.

같은 부자유를 떠안고 있어도 장애의 발현 방식이 다양한 이유
는, 개인들의 환경 차이가 장애의 차이로 나타나기 때문이겠지요.
후기라고 하기에는 좀 너무 길지만 잠시만 더 함께해 주세요.

이번에 우리 부부의 일을 책 한 권으로 쓰기 위해 아내님이라는
인물의 성장 과정부터 들으며 새삼 두 가지를 느꼈습니다.

먼저 첫 번째로는 생각했던 것보다 아내님의 머릿속 사고 프로세

스가 '특수'하다는 점. 원래 아내님은 머릿속의 생각이 그대로 입으로 잘 튀어나와서, 초등학교 고학년까지 동물이나 인형에게 말을 거는 것(하루 일과의 보고)이나 길거리를 걸으며 혼잣말을 하는 것을 좀처럼 멈출 수 없었다고 합니다.

요즘에도 본 글자가 그대로 입으로 튀어나와서 제가 차를 운전할 때 조수석에 태우면 지나가는 간판을 닥치는 대로 읽어 버리고, 집에서 뉴스를 볼 때도 그 내용이나 감상을 계속 이야기해서 다른 작업을 하고 있는 저는 약간 괴롭습니다.

그런 아내님이기에 그 이야기를 듣는 것은 취재 기자 일을 10년 넘게 해 온 저에게도 지극히 어려웠습니다. 말은 거침없이 나오지만 거기에는 맥락이라는 것이 거의 없습니다.

자세히 관찰하니 아내님의 기억은 본인 안에서도 시간 순으로 정리가 안 되어 있다는 것을 알았습니다. "초등학교 1학년 때의 일만 얘기해 줘"라고 하면 갑자기 말문이 막혀 하지만, 자유롭게 생각하게 놔두면 2학년 때의 기억이 6학년 때의 기억을 불러일으키고, 그 6학년 때의 기억을 계기로 1학년 때의 기억이 되살아나는 식으로 대화 도중에 시대가 획획 바뀝니다. 게다가 각각의 에피소드를 말하는 도중에 이야기가 연상된 곳으로 점프하고, 최근의 일을 그리운 듯 말하는 한편 옛 이야기를 어제의 일 같은 톤으로 말할 때도 있어서 듣는 쪽은 매우 혼란스럽습니다.

또 아내님의 기억 속 에피소드는 기이할 정도로 상세해서 등장하는 인물의 가정환경이나 좋아하는 음악과 같은 방대한 부가정보가 자꾸자꾸 말로 튀어나옵니다. 그리하여 듣는 사람으로서는 어떤 사건을 이야기하고 싶은 건지 알 수 없어지고, 아내님도 자기가 뭘 말하고 싶었던 건지 모르게 되는 경우가 자주 있었습니다.

아내님은 지적 수준이 상당히 높고 기억력은 정말로 특출해서 상세한 내용까지 언급하지만, 그것이 이다지도 머릿속에서 정리가 안 되어 있다는 점은 충격적이었습니다. 왠지 엄청난 마력의 엔진을 빈약한 뼈대에 실은 자동차 같습니다.

아내님이 여태까지의 인생에서도 남에게 전하고 싶은 내용을 잘 전달하지 못하는 갑갑함을 느껴왔을 것이나, 너무 답답하게 굴어서 집단에서 종종 배제되었을 것이 상상되어 새삼 가슴이 사무치게 아팠습니다.

이 책을 위해 취재를 받는 것은 아내님에게도 괴로운 일이었겠지만, 저 또한 앞으로는 더욱 아내님의 말을 기다려 주고 생각이 정리되도록 대화 속에서 도와줘야겠다고 결심했습니다.

성장 과정을 취재하며 느꼈던 다른 하나는, 아내님이 품고 있는 괴로움은 발달의 문제뿐만 아니라 자라 온 가정환경과도 아무래도 떼어놓을 수 없다는 점이었습니다.

아내님은 어린 시절 주의력결핍장애에 더해 과잉행동과 충동성도 격렬했던 것 같습니다. 함께 살았던 작은아버지가 혼내는 것에 도리어 화를 내며 유리창을 맨손으로 쳐서 깨기도 했고, 통학로에서는 꽃이라는 꽃은 죄다 쥐어뜯으면서 걸었으며, 기르던 개와도 어떻게 놀면 좋을지 몰라 계단에서 밀어 떨어트리거나 찬장에 가두거나 그 개의 눈썹을 자르려다가 눈꺼풀을 잘라 버린 일도 있었습니다.

초등학교에서는 무언가를 꼬투리 잡아 놀리는 남자아이가 등장할 때마다 반론의 말보다 손이 먼저 나가며 폭력으로 응수했다고 합니다. 몇십 년 만의 동창회에서 어엿한 중년 남성에게 "너한텐 자주 괴롭힘당했지"라는 말을 듣고 면목 없는 기분이 들었던 아내님입니다.

한편 그런 아내님을 키운 장모님은, 이 엄청나게 양육하기 힘들었을 아내님을 실로 극한의 혼란 상태 속에서 키웠습니다. 본문에서도 말했지만 장모님이 시집간 집(아내님의 친정)은 도쿄의 상공업지구에서 3대째 이어져 내려온 고만고만한 규모의 금속가공업 공장으로, 아내님은 그 후계자라는 지금 생각해 보면 다소 시대착오적인 미래를 할머니로부터 요구받고 있었습니다. 그런 가운데 아내님은 어린 시절부터 불과 날붙이 쓰는 일(즉 부엌일) 대부분을 '대를 이을 딸이 다치면 어쩔 셈이냐'라는 이유로 금지당했는데, 이는 장모님이 강요한 것이 아니라 시집간 집의 규칙으로서 그렇게 할 수밖에 없었다고 말하는 편이 옳겠지요.

과잉행동에 호기심 왕성한 아내님의 성격과는 너무도 동떨어진 시어머니(아내님의 할머니)의 방침에, 장모님으로서는 딸을 얌전히 시키고 다치지 않게 하는 것만으로도 벅찼을 것입니다. 하지만 결과적으로 이러한 행동 제한은 아내님으로부터 발달과 학습의 기회를 빼앗는 일이 되고 말았습니다.

이에 더해 아내님이 초등학교에 올라가고 얼마 지나지 않아 시할머니(아내님의 증조할머니) 수발이 시작되었고, 원래 병약하고 놀기 좋아했던 시어머니를 대신해 장모님은 잘 시간도 없이 병간호로 세월을 보냅니다. 시할머니가 돌아가셔서 그 수발이 끝나자 이번에는 상속 다툼이 시작되었습니다. 아내님이 중학교에 들어간 뒤에는 가정의 경제 상황도 대단히 나빠져서 장모님은 최대 세 가지 아르바이트를 동시에 하며 집안일도 전부 혼자서 소화해 내는 나날에 돌입했습니다.

이 책에서 종종 장모님의 질책과 부정이 아내님의 발달 기회와 자존감을 빼앗고 부숴왔다고 썼듯 장모님이 아내님에게 이른바 '독친毒親'이었다는 점은 틀림없습니다. 하지만 장모님 입장에서는 손쓸 수 없이 난폭했던 어린 시절의 아내님을 데리고 어떻게 하면 좋았을까요? 저는 제 은인이기도 한 장모님에게 "장모님도 할 수 있는 최대한의 일을 정말로 잘하셨어요"라고밖에 말할 수 없습니다. 굳이 따지자면 이 혼란한 상황 속에서 장인어른이 취미를 즐기는 인생을 구가하며 집에 거의 붙어 있지 않았던 것은 비난받아야 마땅하다고 생각하지만요…….

아내님의 발달에 있어서 장모님은 아주 가해자적이었지만, 장모님 본인 역시 시대착오적인 '대가족 제도'의 피해자였습니다. 또 장

모님은 시대의 피해자일 뿐만 아니라 놀라울 정도로 과잉행동에 주
의력결핍이라서 성인 발달장애 당사자로 매우 의심되는 특성을 지
녔으며, 그로 인해 자녀 양육에도 가정 운영에도 한층 고생했다는
것은 말할 필요도 없습니다.

발달 불균형은 유전될 가능성이 있으니 당사자의 부모 또한 당사
자인 것은 왕왕 있는 일입니다. 가정이라는 좁은 세계 안에서 비슷
한 사람들끼리 상처를 주고받는 모습은 부정형발달 당사자를 둘러
싼 일상의 풍경이기도 하며, 아내님과 그 가족 역시 상처를 주고받
는 여러 가족 중 한 케이스였다고 생각합니다.

*
**

그럼 어떻게 하면 좋을까요? 어떻게 했으면 좋았을까요?

사람이 살아가는 환경은 대체로 사회와 가정입니다. 혼자 사는
성인도 있지만 생물학적 부모가 없는 아이는 없죠.

먼저 사회는 어떠해야 할지를 생각해 보겠습니다.

오늘날 부정형발달이 개인과 그 주위에 고통을 안겨 준다는 사실
이 드디어 가시화되고 있는 것은 환영해야 할 조류입니다. 한편 '발
달장애라는 말이 외따로 떨어져 나와 상업화되고, 진단 기준이 생김
으로써 발달장애가 늘어났다'라는 주장이나 '서양식 식사가 발달장
애를 증가시킨다'라는 증거가 부족한 주장, '개발도상국에는 발달장

애아가 없다'라는 오해도 끈질기게 남아 있습니다. 이는 실제로 존재하는 당사자의 고통을 무시할 수도 있는 무책임한 말로, 반드시 부정해야 할 것이라고 저는 생각합니다.

'왜 발달장애가 늘어나고 있는가'에 관한 여러 주장 가운데 제가 고차뇌기능장애 당사자로서 지지할 수 있다고 직감한 것은, '현대가 부정형발달자의 부자유를 장애로 만들기 쉬운 환경으로 모습을 바꿔 왔기 때문'이라는 고찰입니다.

얼마 전 출간된《아이를 위한 정신 의학》(다키카와 가즈히로 지음)이라는 책에 매우 흥미로운 지적이 있었습니다. 어린이 발달의 기본부터 부정형발달로 인한 좌절이란 무엇인지, 그 좌절로 아이가 겪는 고통은 어떤 것인지에 이르기까지 심도 깊게 고찰한 명저인데, 거기에 이런 기술이 있습니다.

1950년대까지 일본인 대부분은 1차 산업(농림수산업)에 종사하고 있었는데, 1960년대 들어 1차 산업과 2차 산업(공업·제조업)의 비율이 역전되었고 1차 산업 인구는 급속히 줄어들었다. 게다가 고도성장을 거쳐 1975년부터는 3차 산업(상업·서비스업)이 과반수를 차지하게 되어 현대 일본에서는 취업 인구의 70퍼센트가 이 3차 산업에 종사하고 있다. 농업을 비롯한 1차 산업은 '자연'에 관여하는 일이라서 감수성이 높다는 특징을 가진 발달장애 당사자에게는 어떤 면에서 잘 맞았다. 2차 산업은 '물건'에 관여하는 일이니 설령 퉁명스럽고 비뚤어져

보일지라도 요구되는 것은 장인으로서의 기술이었다. 그러므로 상식을 모른다는 특성은 오히려 독창성을 낳았고, 곁눈질하지 않고 몰두하는 특성은 타고난 소질과 재능으로 여겨졌다. 한편 3차 산업은 '사람'에 관여하는 일이기에 대인배려성과 대인협조성이 요구된다. 그러한 3차 산업이 노동 시장의 대부분을 차지하게 된 결과, '사람과의 대화는 서툴지만 자연과는 대화할 수 있는 이' '퉁명스럽고 비뚤어져 보여도 묵묵히 일을 하는 장인' 같은 사람들(부정형발달)의 특성은 장애의 특성이 되어 주위로부터 쫓겨나기 쉬워졌다.

이 대목에서 지적하는 당사자는 일부 발달장애인으로 한정되어 있지만, 읽으며 고개를 끄덕였습니다. 일터는 사람의 인생에서 가정과 함께 대부분의 시간을 보내는 장소이므로, 그중 많은 일이 산업의 변천에 따라 변화하여 발달에 문제가 있는 사람의 '장애화'를 초래했다는 주장은 매우 납득이 갑니다. 하지만 이러한 산업 구조 자체를 과거로 되돌리기란 불가능합니다. 사회 전체를 발달에 문제가 있는 사람을 이해하고 공생하는 구조로 바꿔 나가는 것은 절대적으로 필요한 일이지만, 이 또한 원대한 이야기가 되어 버릴 듯합니다.

그렇다면 다른 하나의 환경인 가정은 시대와 함께 어떻게 변했을까요? 이는 남녀의 성차에 따라 크게 다른 것 같습니다.

과거의 가족 시스템 속에서는 '남자는 부엌에 들어가면 안 된다'는 말로 대표되듯, 남자는 집에 없거나 잘난 척 뒷짐을 지고 있어도 되는 시대였습니다. 그런 면에서는 남성의 존재 자체가 가정의 운영에는 비협조적이며 가해자적이기조차 했습니다. 오늘날 이런 남성상은 가정에는 필요 없다고 단언해도 좋을 것입니다(그 위치는 여성의 지원과 희생을 전제로 한 것이었으니까요).

현재는 남자도 집안일과 육아에 참여할 것이 요구됩니다. 그 가운데 발달에 문제가 있는 남성 당사자는 부자유가 장애로 변하는 등역시 가정 안에서 가해자적으로도 피해자적으로도 편향되어 있는 듯합니다. 또한 본인의 부정형발달이 심각한 경우에는 처음부터 가정을 가지지 못해 홀로 사는 '중년 총각'이나 캥거루족이 되어 버리는 경우도 많겠지요.

한편 일찍이 여자가 '집의 소유물'이자 노예 취급을 받던 시대에 부정형발달을 보인 여성은, 가정에서 못 하는 일을 강요받고 그 일로 인해 배제당하는 매우 피해자성 강한 입장에 놓여 있었다고 생각합니다. 아내님 혹은 마찬가지로 발달에 문제가 있는 여성을 접할 때면, 재원임에도 가정적이지 못해 말로가 불우했던 사카모토 료마* 의 아내(나라사키 료)의 삶을 겹쳐 보게 됩니다. 또한 핵가족화는 집안일과 육아를 하는 '노동력의 감소'를 뜻하기도 하므로, 집안일의 기계화로 얻을 수 있는 편리가 상쇄되고 있지 않나 생각합니다. 집안일은 여자가 하는 것이라는 주장이 여전히 거센 현실은, '정

●　1800년대 중반에 활약한 일본의 정치가.

리정돈 못 하는 여자'나 '요리 못 하는 여자'는 콘텐츠가 되지만 '정
리정돈 못 하는 남자' '요리 못 하는 남자'는 콘텐츠가 되지 않는 것
이나, 육아 대디는 인정받지만 육아에 적극적인 여성은 콘텐츠가
되지 않는 것에서도 명백히 드러납니다.

그렇지만 가정에는 두 종류가 있습니다. 나고 자라는 가정과 결
혼(뿐만은 아니지만)으로 새롭게 만드는 가정입니다. 나고 자란 혈연
의 가정은 고를 수 없지만 그 뒤에 가질 가정은, 그 파트너는 스스로
고를 수 있습니다. 그것은 사는 데 어려움을 겪는 당사자가 직접 자
신의 지원자를 선택하여 가정을 이룰 수 있다는 뜻이기도 합니다.

어떤가요. 새롭게 가정을 만들고 또 그 가정을 살아가기 편하게
개선해 나가는 것과 사회 전체의 구조를 개혁해 나가는 것. 어느 쪽
이 착수하기 쉬울까요? 가정에서 희망찬 미래를 좀 찾아보고 싶어
집니다.

물론 보수론 진영에서 계속 억지를 부리는 '그 옛날 좋았던 대가
족 제도로의 회귀'처럼, 개인의 장애에 대한 돌봄이나 사회가 부담
해야 할 책임을 정책으로서 가정에 강요하는 것은 매우 이치에 맞지
않으며, 가정만능주의와 같은 의견에는 가담하고 싶지 않습니다. 하
지만 현재 상황으로는 너무도 요원한 '부자유한 사람에게 친절한 사
회'를 무작정 지향하는 것 또한, 이상의 도달까지 오랜 세월 당사자
를 계속 괴롭히는 셈이기도 합니다.

무엇보다 당사자에게 제일 가까운 가족이 이해자가 아니라는 것

은 무척 괴로운 일이며, 반대로 가장 가까운 가족이 이해해 주고 지원해 주는 건 정말로 든든한 일입니다. 다소 강요하는 듯도 하지만, 사람이 살아가는 데 있어서 가장 큰 리스크는 고독과 고립이라는 것이 여태까지의 기자 활동에서 제가 통절하게 느껴온 점입니다.

가정의 개혁이나 그 가정 안에서 당사자가 살아가기 편한 길을 발견하는 것은 오늘부터라도 할 수 있습니다. 당사자도 그 주변 사람도 편해지는 공생의 프로세스를 구축해 나가는 것이, 사회 전체의 구조 개혁이라는 원대한 미래로 이어진다는 생각을 하지 않을 수 없습니다.

이 책이 그런 미래에 얼마간 도움이 되기를 바랍니다.

이 책을 쓰는 데 협력해 주신 모든 분께 감사드립니다.

쓰유키 님·이마하시 님(고단샤·이 책의 편집자), 니시 님·마쓰쿠라 님(신초샤), 다카베 님·마에다 님(도요케이자이신포샤), 미네오 님(기타하라 국제병원), 스즈키 님·오구치 님(스즈키 세이이치 디자인실), 고야마 님(일러스트레이션), 아내님, 장모님.

그래도 사랑스러운 나의 아내님

초판 1쇄 인쇄 2021년 12월 25일
초판 1쇄 발행 2021년 12월 30일

지은이 스즈키 다이스케
옮긴이 이지수

펴낸이 정상우
편집주간 주정림
디자인 [★]규
인쇄·제본 두성 P&L
용지 (주)이에스페이퍼
펴낸곳 (주)라이팅하우스
출판신고 제2014-000184호(2012년 5월 23일)
주소 서울시 마포구 잔다리로 109 이지스빌딩 302호
주문전화 070-7542-8070 팩스 0505-116-8965
이메일 book@writinghouse.co.kr
홈페이지 www.writinghouse.co.kr
한국어출판권 ⓒ 라이팅하우스, 2021
ISBN 978-89-98075-93-4 (03830)